BEIRUTE, EU TE AMO:
UM RELATO

BEIRUTE, EU TE AMO:
UM RELATO

ZENA EL KHALIL

Tradução
RENÉE EVE LEVIÉ

martins
Martins Fontes

© 2010 Martins Editora Livraria Ltda., São Paulo, para a presente edição.
© 2009 Zena el Khalil.
Este livro foi publicado originalmente em inglês sob o título *Beirut, I Love You: a memoir*.

Todas as ilustrações desta obra são de autoria de Zena el Khalil
e receberam sua permissão para esta edição brasileira.

Publisher *Evandro Mendonça Martins Fontes*
Produção editorial *Luciane Helena Gomide*
Produção gráfica *Sidnei Simonelli*
Capa *Casa de Ideias*
Projeto gráfico e diagramação *Manu Santos Design / MSDE*
Preparação *Cristina Cupertino*
Revisão *Denise Roberti Camargo*
Dinarte Zorzanelli da Silva
Maria Dolores Sierra Mata

1ª edição *2010*
Impressão *Yangraf*

Dados Internacionais de Catalogação na Publicação (CIP)
(Câmara Brasileira do Livro, SP, Brasil)

El Khalil, Zena
   Beirute, eu te amo: um relato / Zena El Khalil ; tradução Renée Eve Levié. – São Paulo : Martins Martins Fontes, 2010.

   Título original: Beirut, I love you: a memoir.
   ISBN 978-85-61635-70-1

   1. Beirute (Líbano) – História 2. Beirute (Líbano) – Vida social e costumes 3. El Khalil, Zena, 1976 – 4. Memórias autobiográficas I. Título.

10-06214   CDD-956.925044092

Índices para catálogo sistemático:
1. Beirute : Líbano : Artistas plásticos:
Memórias autobiográficas 956.925044092

Todos os direitos desta edição no Brasil reservados à
Martins Editora Livraria Ltda.
R. Prof. Laerte Ramos de Carvalho, 163
01325-030 São Paulo SP Brasil
Tel.: (11) 3116.0000 Fax: (11) 3115.1072
info@martinseditora.com.br
www.martinseditora.com.br

Dedicado à minha irmã Lana.
Obrigada por me permitir roubar algumas das suas preciosas lembranças.
Obrigada por sempre encontrar forças para me manter em pé.
Obrigada por ser um espírito livre e meu suporte.
Obrigada por amar Beirute mil vezes mais do que eu.

Chove. Lá fora, no peitoril da janela, pequenas poças de chuva se acumulam e caem, se acumulam e caem outra vez como suicidas em massa. O som das gotas de chuva que tamborilam com força na janela é muito alto; tão alto quanto os boatos.

Maya Ghannoum

1

Há uma linha tênue entre a realidade e o sonho.
Quando eu nasci, meu pai presenteou minha mãe com um colar que tinha a forma de uma âncora. Muitos anos depois perdi esse colar. Durante um jogo de basquete eu o tirei do pescoço e o deixei em cima do banco, de onde alguém o roubou. Fiquei furiosa comigo mesma por ter perdido de um modo tão lamentável o objeto que simbolizava meu nascimento. Era um sinal do que aconteceria no futuro. As coisas que eu amava, eu as continuaria perdendo.

Às vezes me pergunto se aquele colar realmente existiu. Às vezes me pergunto se sou real. Olho para minhas mãos e meus pés, eles confirmam a existência de um corpo, porém jamais consigo ver meu rosto. Olho fixamente nos espelhos e me deparo apenas com dois olhos castanhos comuns. Se olhar fixamente durante um longo tempo os olhos se transformam nos de outra pessoa. Do outro lado do espelho saio de mim mesma. Essa brincadeira me assusta, e eu me viro depois de alguns segundos. É assustador ficar frente a frente consigo mesma – ver quem você realmente é. Que poderia ser real. Que suas responsabilidades são reais. Que sua vida está realmente ali fora.

Interagindo.

Existindo.

Não me lembro do meu nascimento. Não me lembro de como tudo começou, mas lembro de como morri. Lembro como morri antes de voltar para este mundo como a pessoa que sou hoje. Fui de escuridão em escuridão, até a luz. Mas agora está escuro de novo.

Amreeka, você existe agora. Mas nada dura para sempre.

Maya, você estará sempre no meu coração. No meu sangue.

Beirute, você é exatamente igual a mim. Caminhando por aquela linha tênue. Seu coração é grande, mas é esse coração que destruirá você. Beirute, sou sua parasita, competindo pelo amor.

No final, uma de nós terá de ceder.

Enquanto você se deleita com seus fomentadores de guerra de mãos ensanguentadas, eu roubarei seu vinho e sua poesia.

O poeta sempre ganha.

O poeta sempre ganha.

Lembro-me do momento quando decidi que seria artista. Não seria fácil. Minha família se interessava apenas por números e lucros. As artes, a poesia, a literatura, não eram levadas a sério. Entretanto, aquela viagem fatídica para Roma em meados dos anos 1980, aquela que havia sido planejada para ser uma extravagância de compras, mudou meu destino. Lembro que brincos fluorescentes e ombreiras enormes estavam na moda. Enquanto caminhávamos pela via Condotti e pela via Veneto, minha mãe pressentiu que eu tinha um desejo na alma que as compras nas butiques não conseguiriam saciar. Então ela me levou ao Vaticano. Para a Catedral de São Pedro. E vi a *Pietà* de Michelangelo. O que resolveu o meu problema.

Eu me convenci.

Tenho uma fotografia na qual estou parada na frente da estátua (naqueles dias ela não estava protegida por uma fachada de vidro) segurando uma bolsa

Fendi listrada de preto e marrom. Quando olhei para os olhos da Virgem, soube que estava destinada a outras coisas melhores do que aquele pedaço de couro pendurado no meu ombro esquerdo. Olhei para mamãe, que segurava minha mão querendo garantir que eu não sairia andando por ali, e pensei que, finalmente, nós havíamos conseguido fazer uma conexão de verdade.

Seu cabelo escuro estava frisado por causa do calor e eu podia ver as gotículas de suor que se acumulavam no alto da sua testa – em dias normais mamãe nunca seria surpreendida desse jeito. Ela se parece com Sophia Loren, tanto fisicamente como na alma: "a rainha de tudo o que é bom e bonito". Eu amo essa mulher.

As duas.

Olhei para a Madonna e agradeci por ela ter trazido mamãe de volta para a Terra por pelo menos alguns minutos, porque foi naquele momento, e somente naquele momento, que me conscientizei de que tinha de ser uma artista.

2

Minha história começa com a vida mais remota que consigo recordar. Meu nome é Hussein e eu nasci em 1901.
Meu passado sempre envolve uma grande história de amor. O grande amor de Hussein era a cidade de Nova York. Ainda hoje lembro o quanto ele queria ir para lá.
De alguma forma, esse desejo se materializou durante minhas duas vidas posteriores. Algumas coisas nunca desaparecem.

Nova York sempre me propiciou grandes surpresas, mas não do tipo sob o qual os sonhos são construídos, que não estão cobertas de brilho e encantamento. Os sonhos são ilusões. Essas surpresas se relacionam sempre com a morte e o desafio do renascimento. Com a opressão, a separação, o pão mofado, a colcha bolorenta, a escuridão, a perda de objetivo. Nova York sempre representa um certo tipo de liberdade. Uma liberdade que parece não existir no Oriente Médio. Nova York sempre gira em torno de pessoas sendo pessoas: bebendo café, passeando com seus cachorros, pintando, lendo, saindo com amigos, estudando, comendo, se encontrando, crescendo, correndo no parque, rindo, amando, vivendo. O que eu também aprendi – da maneira mais dura – é que Nova York também pode ser um monstro.

Durante a minha vida atual, que começou no Segundo Milênio, o Super Império do mundo fez o melhor que pôde para criar shows de TV que me convenceriam de que minha vida em Beirute é inadequada. Que estou perdendo oportunidades. Que Beirute não é bom o suficiente. Em Nova York a TV é glamour e sucesso. É ser um indivíduo desbravando seu caminho na vida. É um grupo de amigos fantásticos com quem se pode contar. É a alegria de pertencer à classe média e ser independente. É encontrar e seguir seus sonhos. É navegar pela Amreeka Corporativa.

É fazer dinheiro.

É fazer sucesso.

Qualquer coisa que não se aproximasse daquele "café moca e leite desnatado com pouco açúcar" não era bom o suficiente.

Porém a cidade de Nova York também é uma ilusão.

Nova York não recebe bem qualquer pessoa. Ela é seletiva quando se trata de permitir a entrada. Exigirá sua alma em troca de um aluguel caro que você não pode pagar. Nova York inserirá você em uma categoria. Ela o tornará gordo, baixo, negro ou branco.

Ela o tornará árabe.

Duas vidas anteriores a esta, quando eu ainda era Hussein, viajei a Nova York para me encontrar com meus pais. Eu ainda não era artista. Oitenta e dois anos se passariam antes que eu conhecesse Maya. E noventa e quatro anos até a minha primeira guerra.

Eu era um rapaz de uma aldeia obscura situada na cadeia de montanhas do Líbano. E, como costuma acontecer na maioria dos contos orientais, meus pais ficaram noivos quando nasceram. Essa parte é verdadeira; no entanto, o que é incomum é a história da minha concepção. De acordo com a história, um dia minha mãe estava no campo colhendo as frutas daquela estação do ano. Cada narrativa dessa história menciona uma fruta ou uma verdura diferente: cerejas, maçãs, framboesas, abóboras, azeitonas, uma vez até berinjelas. Independente desses produtos hortifrutícolas, a história conta que, de algum modo, seu vestido pegou fogo. Algumas pessoas dizem que foram os fósforos, outras que foi o reflexo do sol na sua pele de textura de cerâmica. Por um milagre ela não se feriu: saltou para fora do vestido e acabou nua em pelo no meio do campo de laranjas, limões, pepinos, brócolis, alcachofras, tangerinas ou *(escreva aqui a fruta ou a verdura que preferir)*. Os dedos dos pés formigaram em contato com a terra macia. Um arrepio percorreu-a dos pés à cabeça e endureceu os bicos dos seios. Quando meu pai a viu, teve uma ereção imediata. Depois parece que fui concebida debaixo da figueira, ameixeira ou amendoeira, dependendo de quem conta a história.

Como esses dois amantes desafortunados foram parar na cidade de Nova York muitos anos depois é um mistério. Eu não sei por que partiram sem mim. Porém, de alguma maneira, algum tempo depois eles tiveram sorte, amealharam alguma riqueza no Novo Mundo e acharam que havia chegado o momento de mandar me buscar. Eu tinha onze anos de idade.

Viajei acompanhado por um amigo da família, que concordara em me ajudar na viagem. Seu nome era John Abilmona. Seu verdadeiro nome não era John. Era uma dessas coisas que os homens árabes faziam antes de imigrar para o Novo Mundo: adotar um apelido ocidental para poderem subir a escada do sucesso. Qualquer outra coisa que não fosse John, Mike ou Steve impediria a sua permanência na Amreeka. Qualquer coisa que soasse remotamente oriental seria a garantia de que a pessoa ficaria onde Amreeka achava que ela pertencia. O nome verdadeiro de John era Nassif. Não se sabe exatamente como Nassif foi traduzido para John. Por outro lado, há alguns nomes que se deixam traduzir muito bem: Mustapha transforma-se em Steve, Mohammed em Mike, Fadi em Freddy, Mazen em Mark, Firas em Frank, Mounzir em Joe, Dawood em David e Ossama em Owen.

Nassif Kassim Abilmona era um rapaz de boa aparência e orgulhoso. Tinha orgulho do seu sobrenome. Nassif se originava de uma longa linhagem de mercadores bem-sucedidos. No entanto, por maior que fosse o sucesso da sua família, Nassif (John) conseguiu comprar apenas uma passagem de terceira classe a bordo do *Titanic*. Por ser menor de idade viajei na sua passagem – n. 2.699. Lembro-me dos resmungos do chefe da seção de passagens quando compramos o nosso bilhete: "Nada de árabes, nada de cachorros". Talvez fosse por isso que Nassif viajou no *Titanic* como John. Eu fiquei calado.

No dia anterior eu deixara o aconchego e a tranquilidade da vida na fazenda e viajara para a sofisticada Beirute – uma cidade portuária e promíscua ao mesmo tempo. Eu nunca imaginara que ela fosse tão bonita. Vi homens gordos usando o fez de feltro vermelho na cabeça e mulheres gorduchas embelezadas, os olhos delineados e maquiados de cor turquesa, pingando *kohl* preto. Aqui eu poderia continuar descrevendo a comida, os aromas e as especiarias que flutuavam no ar, mas prometi a uma certa pessoa que neste livro essa escritora árabe não mencionaria comidas, especiarias, aromas ou o uso do véu. Agora falo de mim, da autora na sua vida atual, e não do garotinho concebido debaixo do jasmineiro/do cacto/da nogueira. Essa mulher árabe que muitas vezes fala dela mesma na terceira pessoa vivencia sua cidade de forma mais realista. O romance e a nostalgia que se danem! Que as receitas secretas da vovó vão para o diabo que as carregue! Essa mulher árabe detesta cozinhar. Essa mulher árabe despreza as mulheres árabes que se expressam pela comida. Eu não tenho tempo para ficar sentada o dia inteiro catando lentilhas. Não sinto necessidade de discutir higiene feminina com as mulheres da aldeia. Posso passar semanas sem tomar banho. Posso beber uma garrafa de vinho sozinha. Não tenho tempo para assar berinjelas e amassar alho. Não tenho vontade de começar uma discussão com os israelenses só porque eles afirmam que homos e falafel são invenções suas.

Mas, voltando à história de Hussein... Eu era uma criança quando viajei no *Titanic*. Dizem que, em geral, reencarnamos no mesmo sexo, mas essa regra não se aplica a mim. A história me diz que meu nome era Hussein. A história também me diz que os meninos chamados Hussein têm morte prematura.

Encontrei-me com Nassif no cais do porto e embarcamos em uma viagem que mudaria minha vida. O que aconteceu com o *Titanic* é bem conhecido, de forma que pouparei os detalhes ou como o coração não pode parar e continuar batendo. Entretanto, contarei como me afoguei. Poucas pessoas conseguem descrever isso.

Até hoje tenho medo do oceano. Tenho medo do mar aberto. Tenho medo do escuro, e o culpado de tudo é o *Titanic*, porque, sim, ainda me lembro de como me afoguei. É verdade o que dizem a respeito do afogamento. É silencioso. É extremamente doloroso e pessoal. A parte mais barulhenta daquela noite foi quando batemos no gelo. O som, estridente e ensurdecedor, ressoou por todo o navio – mais alto do que a explosão de um tanque de gasolina ou um estrondo supersônico. Tudo ficou muito silencioso depois da colisão. É verdade que todo mundo gritava, mas eu não ouvia ninguém. Tinha os olhos e os ouvidos fixados na escuridão do mar negro. Comecei a me desfazer de pedaços de mim. Sabia que ia morrer e fiz as pazes com a morte rapidamente. Pensei um pouco nos meus pais encolhidos na cama, talvez ainda acordados por causa da agitação do reencontro comigo. Pensei em Nassif, que tentava me colocar dentro de um bote salva-vidas. Pensei no que acontecia dentro do seu corpo. Vi seu sangue fluindo de uma veia para outra. Vi seu jantar sendo turbilhonado em merda. Perguntei-me se ele sobreviveria a tudo isso.

Eu estava montado em cima dos seus ombros enquanto subíamos da terceira classe; eu voava por cima da multidão, que estava por toda parte; o reflexo de lágrimas brilhava nas paredes. A água começara a jorrar dentro do navio. Era de um azul-turquesa, não o negrume que eu encontraria mais tarde.

Cavalgar por cima da multidão era surreal. As pessoas não se pareciam mais com seres humanos. Não passavam de carnes pressionadas contra carnes.

Uma orgia gigantesca.

Um festival de excremento humano.

Nos livros, quando um homem narra seus atos de bravura, ele menciona muitas vezes a espada que atravessou o coração, o escudo que protegeu a verdade, a coragem que o impulsionou através do medo. O que os contos não mencionam é como o corpo humano na realidade enfrenta a pressão. Como os intestinos ficam flácidos. A perda de controle. O vômito involuntário. O enfraquecimento do estômago. O gosto da bílis. O gosto do ácido. O sentimento de desesperança e desespero. O medo que impede a ação. O frio nas palmas das mãos. O latejar na cabeça. As lágrimas, o cocô e mais cocô. Eu flutuava nos ombros de Nassif, espiando aqueles que estavam ao meu redor: eu aceitara que ia morrer. Não estava zangado. Apenas sabia.

Para dizer a verdade, foi somente quando comecei a me afogar que senti um medo inacreditável. Não era medo da morte, mas, principalmente, porque estava em um espaço tão escuro e amplo como aquele. O mar era tão grande. Tão infinito. E enquanto eu afundava, ele escurecia cada vez mais. O silêncio era ensurdecedor.

Hoje, quando penso naquela ocasião, percebo que eu decidira o momento em que morreria. Lembro-me de ter pensado que estava preparado para aceitar a morte porque não aguentava mais ficar naquele silêncio. Não foi o mar que me matou, foi o silêncio. Foi de fato uma morte solitária.

A cor da água é do que mais me lembro.

Era púrpura.

Nassif (John) é um sobrevivente do *Titanic*. Uma das 705 pessoas que sobreviveram. Ele não morreu afogado como as outras 1.523. Seu cadáver não está deitado ao lado do meu 4 mil metros abaixo do nível do mar. Passaram-se 26 Natais, Anos-Novos e Ramadãs antes que Nassif conseguisse perdoar a si mesmo o suficiente para contar a sua história.

Nassif me colocara dentro de um bote salva-vidas e planejara encontrar-se comigo naquele bote assim que conseguisse subir nele, porque tinha certeza de que conseguiria burlar a regra "somente para mulheres e crianças". Ele escorregou pela corda pendurada ao lado do meu bote salva-vidas, o n. 15, quando o baixaram até a água. Eu nunca perdi seus olhos de vista. Ele calculava sua descida, decidido em chegar à água junto comigo.

Eram exatamente 2h43 quando o bote salva-vidas n. 15 enroscou-se nas suas próprias cordas e parou de supetão. O bote salva-vidas n. 4, que estava pendurado exatamente acima dele, e não percebera a confusão lá embaixo, bateu em cheio em cima dele. Nenhum dos passageiros do meu bote sobreviveu. Horrorizado, Nassif viu o bote estilhaçar-se em mil pedaços. Meus olhos encontraram os seus um segundo antes de eu afundar. Foi a última vez que nos vimos.

Nassif demorou 26 anos para falar sobre seu sofrimento. Finalmente, em 1938, ele concordou em dar uma entrevista para o jornal local, na Carolina do Norte. Apesar de não ser totalmente verdadeiro, o artigo continua acessível ao público. Nassif falava mal o inglês e vivia sob o peso, a vergonha, de ser um sobrevivente. Os homens não deveriam sobreviver ao afundamento do *Titanic*, especialmente os homens da terceira classe.

Na realidade, o artigo é uma versão melhorada da narrativa de Nassif. Por exemplo, nele consta que Nassif já estava casado com uma mulher, com quem tivera cinco filhas: Jamal, Dalai, Souad, Wedad e Samia. Contudo, a verdade era que quando Nassif cruzou o Atlântico a bordo do *Carpathia*, depois de ser resgatado do *Titanic*, ele ainda não estava casado com Najmeh. Naquela época ele estava casado com Salha, sua primeira mulher, que por um milagre deu a luz ao seu filho Mohammad (mais tarde conhecido como Mike) na mesma noite em que o *Titanic* afundou. Certa de que o marido não sobrevivera, Salha separou-se da família de Nassif e mais tarde se casou novamente.

Nassif conheceu Najmeh muitos anos depois, durante uma viagem de volta para o Líbano. Eles se casaram e Najmeh deu à luz Wedad, que mais tarde deu à luz May, que mais tarde deu à luz a mim, Zena, a escritora nesta existência atual.

Tal como Hussein, eu também fiquei deitada no fundo do mar durante quase cinco anos e meio. Caminhei na escuridão sozinha, sem destino, à procura do falso brilho e glamour com que as pessoas denominavam Nova

York. Não os achei. Caminhei durante anos, em vão. Minhas pernas ficaram finas e meu coração ficou cansado. Nos meus pés criei bolhas do tamanho dos continentes. Caminhei, caminhei, até esquecer por que caminhava. Este Novo Mundo não me queria, viva ou morta. Sofri uma crise nervosa. Estava cansada, solitária. E perdida. Veio-me uma vaga lembrança: "Nada de árabes, nada de cachorros".

Não era para ser.

Fechei os olhos e pensei nos meus pais. Lamento não poder estar com vocês. Lamento tê-los deixado na mão. Eu não queria parecer uma pessoa fracassada, mas durante quanto tempo eu poderia continuar naquela brincadeira? Durante quanto tempo ainda precisaria caminhar até me convencer de que não era bem-vinda?

Agora chega, decidi.

Juntei meus pedaços e comecei a caminhar para o leste. Cruzei o oceano Atlântico e me espremi através do estreito de Gibraltar. Caminhei e passei por Malta e seus grandes penhascos. O idioma começou a soar familiar. Passei entre as ilhas da Grécia, e foi lá que ouvi alguém mencionar uma invasão do Império Otomano, que se fragmentava. Comecei a caminhar mais rápido e passei correndo pela costa da Anatólia, até não aguentar mais. Em algum ponto entre a Síria e Beirute decidi que chegara em casa. Era dia 23 de novembro de 1917.

Voltei à vida como um bebê, uma menininha de olhos ternos, verde-azulados. Eu passara tanto tempo debaixo da água que trouxera algo dela comigo. Naquela época os nascimentos no mar eram perigosos, e eu tinha poucas possibilidades de sobreviver, porém dessa vez meus novos pais haviam decidido manter-me com eles. E foi assim que me deram o nome de *Amal*, que significa "Esperança". O resto do mundo passou a me conhecer como Asmahan.

3

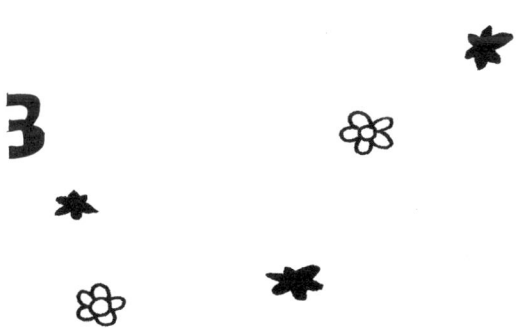

Quando vivi como Asmahan não foi fácil ser uma mulher drusa, da mesma forma como não é fácil hoje em dia. Oriundas de uma longa série de histórias orgulhosas e conservadoras, nós sempre fomos elogiadas por nossa paciência e por nosso comportamento moral, e admiradas por nosso autocontrole. Como esposas, ficamos ao lado dos nossos homens, nossos guerreiros nobres e valorosos, que protegeram nossas montanhas levantinas dos invasores estrangeiros.

Éramos intelectuais humildes que estudavam os textos de Sócrates, Jesus e Maomé. Éramos devotas e serenas e acreditávamos que nossa vida na Terra era apenas uma fração de um instante no tempo e que um dia, quando os ciclos das reencarnações findassem, nos reuniríamos, finalmente, com nosso Sagrado Criador. Morávamos em aldeias e fazendas. Nossas mãos eram fortes e morenas de anos da labuta sob o sol.

Houve uma época em que gozamos a mesma condição social dos homens. Durante os finais amenos dos verões debatíamos as teorias de Platão nas pérgulas cobertas de parreiras. Ensinávamos nossas filhas a cozinhar e costurar, a ler e escrever. Nas noites frescas da primavera fazíamos longos passeios pelos campos de trigo. No inverno gelado líamos poesia em volta do *oujeq*, alimentando-o de toras de madeira para assar nossas batatas e alhos.

As mudanças acontecem, mas às vezes se passam séculos até que as percebamos.

Quando os otomanos chegaram, fingimos cooperar com eles. Até que um dia um deles traiu nossa comunidade. Ele decidiu reescrever nossos códigos de conduta e reformar nossa sociedade para que ela se encaixasse melhor no modo de vida otomano. Alguns disseram que foi para proteger nossa comunidade, para que nos adequássemos e conseguíssemos sobreviver. Para conservar nossa identidade religiosa e social.

Mas, a que preço? Em decorrência dos seus atos, nossas mulheres perderam a igualdade e transformaram-se em coelhos domesticados. Nós não questionávamos mais, obedecíamos.

De acordo com nosso reformador, para sermos consideradas uma mulher honrada deveríamos falar baixo e permanecer em silêncio a maior parte do tempo; ser tímidas, imaculadas e estar acima da obscenidade. Fomos ensinadas a jamais confrontar nosso marido com nenhuma queixa; a sempre manter o autocontrole e o equilíbrio; a não contradizê-lo quando éramos recriminadas; e a ser obedientes quando ele mandasse. Devíamos deixar que ele administrasse nossos negócios e nunca encará-lo; ser sempre recatadas na presença dele e suspirar quando olhássemos para ele; concordar com as opiniões dele e amá-lo com extrema sinceridade; preferi-lo aos nossos pais; perdoá-lo quando afirmasse que erramos; e aceitar sua ira com compaixão. Acima de tudo não deveríamos nos alegrar quando ele errasse e tínhamos de sempre aprovar o que ele dissesse e fizesse. Fomos coagidas a detestar a extravagância e a não reclamar da abstinência.

Nosso reformador nos impôs essas regras, e atualmente ainda vivemos sob as sombras do seu decreto: nossas mulheres não conseguiram avançar muito nas suas tentativas de recuperar sua condição anterior na comunidade. A forma como a religião oprime o povo é uma vergonha. E separar a religião do governo tornou-se muito difícil atualmente. No Líbano os dois se fundiram de tal maneira que para nossos cidadãos é praticamente impossível desafiar os sistemas sob os quais vivem. Para as mulheres, tornou-se praticamente impossível viver a vida que elas merecem.

Tal como Asmahan, quando viveu há quase cem anos, eu também joguei pela janela essas reformas impostas. Não queria saber delas. Para mim, cantar era meu Deus.

Meu marido.

Minha casa.

Minha existência.

E qualquer pessoa que me oferecesse um lugar para cantar era meu profeta. E Cairo era a minha Nova York.

Cairo brincava de puxa-empurra comigo. Eu a queria, mas ela estava sempre fora do meu alcance. Toda vez que eu achava que estava chegando lá, ou tinha uma nova oportunidade para me apresentar e cantar, acontecia algo que me puxava para baixo. Boatos, mentiras, escândalos. A pressão da minha família conservadora para me manter afastada do palco. Para me manter longe da cortina prateada. Era a década de 1930 e eu estava me conectando com minhas irmãs do outro lado do Atlântico. O mundo estava mudando e se movendo, em altíssima velocidade. Eu conseguia ver tudo desabrochar diante de mim. Os carros, os trens – as máquinas no seu estado mais glorioso. As televisões em todas as casas. Estas eram o novo deus. O poder da imagem em movimento hipnotizava o mundo. Se eles conseguiam fazer isso em Nova York por que eu não conseguiria no Cairo?

Éramos tão modernos quanto Nova York. Na realidade éramos mais antigos e sábios. Éramos urdidores de histórias. Tudo começava e terminava aqui.

Mas a tradição pesa; é um fardo.

Comecei a beber. Muito. Em uma festa eu conseguia beber mais do que a maioria das pessoas. Era sempre a última a sair. Muitas vezes desmaiava. Ou, mais exatamente, perdia os sentidos momentaneamente. Comecei a mentir. Para enganar meu marido, escapar por uma noite e cantar. Eu bebia para ganhar forças. Bebia para esquecer. Bebia para viver em um nível de existência que não conseguia atingir sem a bebida. A bebida me ajudava a encontrar a minha voz.

E a mantê-la.

Eu cantava em bares. Cantava em festas. Cantava para plateias particulares. Cantava para diretores de cinema, com a esperança de cair nas suas boas graças. Cantava para minha mãe e meu irmão. Cantava para todos os homens da minha vida e todas as mulheres também. Para a minha família na Síria, que era considerada realeza. Realeza, porém falida. Cantava para escapar da tradição. Anos e anos de tradição pesada. Tradição sem vida. Grudenta. Um fardo. Tudo o que eu queria era sentir-me viva. Cantar. Dançar. Beber. A vida mudava tão rapidamente e eu queria mudar com cada segundo seu. Que a vida da aldeia fosse para o diabo... Eu queria me apresentar diante de um público que estivesse à altura. Queria cantar para os fazendeiros egípcios que realmente entendiam a vida simples. Que sempre sorriam e cantavam junto. Queria aparecer na TV. No cinema.

Porém, minha família repressiva sempre fazia o possível para manter minhas asas cortadas. Para me manter obediente e imaculada.

O Oriente Médio não mudou muito nos últimos duzentos anos. Ainda travamos as mesmas guerras, mas demos a elas novos nomes. A vida, tal como a conhecemos, começou conosco. Somos o centro do Universo e tudo precisa começar aqui em primeiro lugar. Carregamos o fardo de dar à luz, enquanto o resto do mundo se diverte em apontar nossos defeitos de nascença. Eles aprenderam a pegar o feto, injetá-lo com tecnologia de ponta e vê-lo se transformar em uma megalópole.

Como Asmahan, eu muitas vezes me sentia dividida entre os dois mundos, o Oriente e o Ocidente. Meu coração estava enraizado na minha terra. Mas eu cantava para construir pontes. Enquanto os franceses, os ingleses e os alemães travavam suas guerras valentonas na nossa terra, eu cantava sobre o amor. Pedia à minha família, aos bravos guerreiros que com sua vida protegiam as montanhas sírias e libanesas, que fizessem as pazes com nossos hóspedes europeus. O mundo estava mudando e precisávamos nos adaptar a ele. Eu realmente acreditava que a vida podia existir sem turbulência.

Tal como Hussein no *Titanic*, eu também morri de morte prematura. Porém, ao contrário de Hussein, eu sempre previ a minha morte. Sabia que ela seria prematura. Sabia que seria causada por um acidente. Sabia que aconteceria em uma estrada, sabia até em que estrada. Eu ouvira meu canto funerário em várias ocasiões. Muitas vezes o cantorlava para mim mesma. A única coisa que me pegou de surpresa foi a hora em que aconteceu. Quando eu menos esperava.

Mas com a morte é sempre assim.

4

Oitenta e nove anos e seis meses após o afundamento do *Titanic* e 57 anos após meu acidente de carro eu estava parada na frente das Torres Gêmeas quando a primeira delas desmoronou. Eu estava na Sexta Avenida e tive uma visão nítida. Para ser mais exata, eu estava parada na frente de um caminhão, do lado esquerdo da Ray's Pizza.

O lugar estava apinhado de gente. Todos sabiam que não deveriam estar ali, mas o interesse do ser humano em vivenciar um desastre é extremamente asqueroso. Digo vivenciar porque parece que um desastre somente toma corpo mediante uma experiência. Nunca é em branco e preto. Em geral é difícil defini-lo. E para cada pessoa ele acontece de forma única. Algumas pessoas participam através da reação das suas emoções ou, em alguns casos, da retração. Algumas correm para participar do tumulto, outras se retraem. Algumas olham quando sabem que não deveriam olhar. Algumas são meros *voyeurs*. Algumas não conseguem entender o que está acontecendo e tentam fazer associações com o que já conhecem.

Eu cresci assistindo a filmes de ação amreekans. Cresci com Schwarzenegger e Rambo. Com Bruce Willis e Chuck Norris. Com Charles Bronson, Lee Marvin, Jean-Claude Van Damme, Jackie Chan e Eric Roberts. Com MacGyver e Mr. T. Com Magnum *P.I.* e *Ases indomáveis*. *Tiro Certo*. *Águia de Fogo*. *Missão Impossível*. *Duro de Matar*. *Miami Vice*. Todos me ensinaram que nos momentos difíceis era possível ouvir as seguintes expressões:

> Merda, puta merda, babaca, cabeça de merda, caralho, caraca, porra de merda, foda-se, vai pra puta que te pariu, vai à merda, seu panaca, seu puxa-saco, meu Deus, que Deus nos ajude, Virgem Santíssima!, filho da mãe, sua puta, filho da puta e segura essa, cara.

Eu ouvi tudo isso, e mais ainda, no dia 11 de setembro de 2001. Era um filme de ação. Olhei ao redor e vi pessoas confrontadas com o seu pior pesadelo. Elas estavam amedrontadas e confusas. Algumas mantinham os olhos fechados. Outras tinham os olhos arregalados. Algumas estavam sentadas na beira da calçada, incrédulas. Outras corriam pelas ruas com as mãos balançando no alto. Havia algumas crianças também. Poucas, porque a maioria estava na escola; mas algumas tinham acordado tarde naquela manhã e estavam a caminho da escola. As pessoas apontavam com o dedo. As pessoas se abraçavam. Algumas cobriam a boca com as mãos. Algumas sussurravam. Outras vomitavam. Percebi como nós todos éramos parecidos. Todos nós, no mundo inteiro. Como todos nós sentimos medo, sofremos e nos entristecemos. Como, diante de uma crise, frequentemente perdemos tudo o que levamos uma vida inteira para construir. Um homem deixava de ser um executivo de terno e gravata. Ele era apenas Kurt, um disléxico, filho de Amy e Joe. Irmão de Danny e Nicole. Ela não era historiadora de arte e sim Christine, a filha de Joyce e Brian. Estávamos todos de mãos dadas, nos agarrando a estranhos que, de repente, se transformavam nos nossos parentes mais próximos. Não, não éramos diferentes, no final das contas.

Creio que no início os habitantes da cidade de Nova York não souberam como reagir porque nunca haviam passado por algo semelhante. O pânico tomou conta, como costuma acontecer com todas as pessoas no mundo inteiro quando são obrigadas a enfrentar uma crise grandiosa. E, quando o pânico assume o controle, o bom-senso é deixado de lado, e é neste instante que as pessoas começam a apontar com o dedo.

Medo, traição, confusão, culpa, dor, perda, raiva – essas são, afinal, emoções universais.

```
Assunto: De mamãe
Para: zena
Quarta-feira, 12/9/2001      11h32      2KB
```

Hayati zanzoona, Hayat albi Lannossi
Não consigo falar do horror pelo qual estamos passando e do medo das consequências. Todos estão grudados na TV. Cada um expressa seu ponto de vista, as pessoas estão chocadas, todos estão receosos, preocupados com seus parentes ou pessoas mais chegadas. As linhas telefônicas estão congestionadas. Não consegui falar com você. Recebi todos os seus e-mails e os de Lana. Zena e Lana, por favor, entendam que a sua movimentação precisa ser limitada nesta fase, e Lana, por favor, fique calma neste momento. Ah!!!! Não sei o que estou dizendo, sei que vocês não são mais crianças, mas estou preocupada e não faço a menor ideia das consequências dessa tragédia. Com relação à comida, por exemplo. Eu sei que em casos assim as pessoas entram em pânico. Seja como for, mandem notícias. Não vou sair de casa hoje. Estou grudada na tela do computador e na TV. Amo vocês. Cuidem-se e, por favor, tentem entrar em contato com a tia Nabila e as pessoas que gostariam de ter notícias de vocês.
Até logo hayat Albi, e cuidem-se. E não comam só pizzas. EU AMO VOCÊS

ZENA EL KHALIL

ASSUNTO: *cadê você*
Para: zena
Quarta-feira, 12/9/2001   19h52   1KB

Mamesito Zanzooni,
Cadê você? Não recebi notícias! Por favor mande um e-mail. Não consigo me comunicar pelo telefone. Também não tive notícias de Lana. Espero que as linhas de e-mail não estejam congestionadas também!!!!!
Amo você, mamãe

Nova York já não era mais a mesma. Depois que as duas torres desmoronaram, todos me viam apenas como uma árabe. Na faculdade as pessoas se aproximavam de mim para perguntar se eu conseguia explicar por que tudo aquilo acontecera. Na rua os pedestres se desviavam de mim com medo de que eu os contaminasse com meu *kuffiyeh* quadriculado de branco e preto. Por outro lado, quanto mais as pessoas odiavam os árabes mais eu queria ser árabe. Quanto mais as pessoas me perguntavam mais histórias eu contava para elas.

Contei como os amreekans haviam explodido a casa da minha mãe em 1983. Minha mãe, que não tinha nada a ver com tudo isso. Minha mãe, que dez anos antes da explosão da sua casa, ganhara o concurso de beleza regional. Minha mãe, que um dia sonhara fazer amor com Clint Eastwood. As paredes do quarto do seu irmão, que se vestia como John Travolta, estavam cobertas de pôsteres de estrelas de Hollywood. As calças brancas explodindo com a sua sexualidade, com a sua masculinidade que nunca conseguia comportar-se de maneira apropriada atrás do zíper. Seu cabelo era um monte alto preto. O spray para cabelo, infinito. Os géis para cabelo, intermináveis.
A casa sumira.
Irmão e irmã, a família inteira, desabrigados.
A casa fora explodida pelo encouraçado americano New Jersey em 1983.
O New Jersey que antes participara da guerra do Vietnã.
Que certa vez destruíra objetivos em Guam e Okinawa. Que atacara a costa da Coreia do Norte. Depois de ter sido modernizado para transportar mísseis, o "Big J" navegou até nossas costas libanesas e explodiu a casa da minha mãe. Oh, "Big J", encouraçado de quinze guerras, por que você foi esmagar as lembranças da minha mãe? "Big J", "Big J", você arrasou a casa da minha mãe, com todas as suas roupas e bugigangas. Com o seu rímel favorito. "Big J", se no passado você foi um assassino orgulhoso e poderoso, hoje não

passa de uma peça de museu. "Big J", você conhecia minha mãe ou estava tão cheio de ódio que atirou às cegas? Como qualquer homem burro, enfurecido, limitado ao seu pênis frouxo, você queria dar vazão à sua raiva. Batendo com a cabeça furiosamente contra uma parede de concreto até sangrar. Imaginando que cada ejaculação fantasiosa seria o nascimento de uma nova era. Com os olhos vermelhos e saltados, embriagado de uma raiva furiosa. Mísseis duros, penetrantes. Saliva abundante e fétida. Pele dura, rugosa, rachada, feridas abertas, pus, sangue, excremento. "Big J", seu velho filho da puta, você cagou em cima da casa da minha mãe. Roubou todos os seus pertences. Todas as suas lembranças. As Tupperware vermelhas que estavam na cozinha. Até seus lençóis novinhos em folha.

Eu contei a eles que, quando vi a primeira torre desmoronar, meu único pensamento foi que nunca mais veria meu amante. Não registrei as pessoas em chamas. Eu não tinha medo de morrer. Não registrei as duzentas pessoas que pularam das janelas. Não vi o homem caindo. Não registrei os bombeiros presos debaixo dos escombros. Pensei no meu amante no Líbano. Meu amante de mentira que nem se importava em retribuir o meu amor. Meu amante que demorou seis longos dias para se incomodar e mandar um e-mail querendo saber se eu estava bem. Meu amante que certa vez se vangloriou de ser atirador de elite quando, na realidade, não passava de um monte de merda.

Depois que a primeira torre desmoronou pintei o que passava pela minha cabeça. Pintei meu amante, que nem teve a gentileza de ligar e perguntar por mim. Que nem se incomodou em escrever. Pintei o pânico no meu coração. Pintei o medo de ser árabe.

Eu estava sem telas e com medo demais para passar na loja de artigos de pintura da Canal Street, que ficava a um passo das Torres Gêmeas. Será que a loja ainda existia? Encontrei um rolo de papel velho no estúdio de alguém. Cortei dois metros, deixei um bilhete cor-de-rosa colado no resto e preguei o papel na parede do meu estúdio. A tinta, muito aguada, quase encharcou o papel. Eu pintava uma camada e esperava secar. Depois recomeçava. Levei horas para terminar. E quando terminei já passava da meia-noite. Achei que estava sozinha no edifício, mas Tim entrou no meu estúdio. Embriagado de cerveja.

— Como você pode pintar nesse momento? — perguntou ele com voz engasgada.

— Preciso expressar o que sinto — respondi, largando o pincel no chão.

— E todas aquelas pessoas que morreram? — indagou Tim, encostando as costas contra a parede e escorregando para o chão até ficar de cócoras.

— As pessoas morrem todos os dias, o que aconteceu não é nenhuma novidade. No Líbano, os edifícios desmoronam todos os dias. Se parássemos de pintar sempre que houvesse uma crise não teríamos mais arte. Os libaneses pintaram durante a guerra civil. Eu pinto agora. Tentei explicar da maneira mais bondosa possível, mas tudo saiu errado. Tão frio e indiferente; nada do que eu queria transmitir. Tentei dizer que eu também estava com medo. Que tudo aquilo também era novo para mim. Que a morte e a destruição sempre são uma experiência única. Sempre uma surpresa. Que depois há sempre um dilúvio de emoções. Que na semana anterior eu ficara trancada em casa porque estava apavorada demais para sair. Que éramos oito árabes morando no meu apartamento durante cinco dias com medo de que nos cercassem na rua. Que estávamos com medo de ficar sozinhos. Que eu também queria me embriagar porque o que estava acontecendo era demais para mim. Que eu estava com medo de beber porque não queria perder o controle. Que falar era muito difícil e que ele fazia perguntas que eu não sabia como responder exatamente. Parecia que todo mundo me fazia perguntas. Perguntas porque "eu era um deles". Porque eu era árabe.

Tim estava zangado e confuso. Sentou-se no chão em um dos cantos do meu estúdio e começou a descascar o rótulo da garrafa. Seus olhos estavam vermelhos — de chorar, de beber, não sei. O cabelo despenteado, da cor da cerveja Pilsner da Europa Oriental, cobria seus afetuosos olhos azuis. Ele parecia um menino de nove anos. Parecia amedrontado. Não conseguia entender como eu podia pintar. E, para dizer a verdade, tampouco eu conseguia. Mas parecia ser minha única escapatória. Eu era uma árabe na cidade de Nova York. Queria me esconder, mas as pessoas faziam perguntas demais. Eu queria segurar Tim nos meus braços, beijar sua testa como uma Madonna e dizer que tudo passaria e que ele ficaria bem.

Como uma mãe que embala o filho nos braços depois que ele recebeu um insulto racial pela primeira vez, eu queria dizer a ele que lá fora havia pessoas más e que precisávamos aprender a ser fortes. Que as pessoas morriam. Que os edifícios eram explodidos o tempo todo, no mundo inteiro. Que assassinavam pessoas todos os dias na Palestina. Que crianças são assassinadas sem nenhum motivo na Palestina. Que crianças são assassinadas pelos tratores que demolem suas casas na Palestina.

Há muita diferença entre um avião e um trator?

Mas Tim, como a maioria dos meus colegas na faculdade, também desconfiava dos meus sentimentos. Enquanto o coração deles se enchia de medo e suspeitas, o meu crescia. Eu queria amar. Queria pegar todos eles, sentá-los no chão e gentilmente explodir a bolha dentro da qual viviam. Queria ser a mãe que manda a filha se sentar para explicar a ela que um dia um rapaz vai querer beijá-la e fazer outras coisas levadas. Queria contar aos meus colegas da faculdade sobre o sul do Líbano, a Palestina, o Sri Lanka, Burma, sobre a América do Sul e a África. Queria perguntar se eles se lembravam da Bósnia e do Iraque. Queria perguntar se eles se lembravam dos seus indígenas norte-americanos. Queria dizer a eles que pessoas morrem todos os dias e que o que acontecera na cidade de Nova York no dia 11 de setembro de 2001 não era diferente.

No entanto eu acho que era. De alguma forma. De alguma forma. O mundo inteiro mudou depois daquele dia.

Mas como eu podia saber isso até então?

Ser árabe em Nova York em 2001 era a repetição do choque com a água gelada. Era ser novamente classificado como cidadão de terceira classe; era estar preso na terceira classe. E então, como naquela vez, eu comecei a me afogar.

Só que dessa vez eu estava mais bem preparada. Apropriei-me de um *kuffiyeh* e usei-o com orgulho e altivez. Soltei meu cabelo, meu cabelo longo, escuro, encaracolado, encarapinhado, farto. Meu cabelo que era minha voz e falava por mim. Meu cabelo árabe que descia até os quadris. Pintei os olhos com kohl. Fiz desenhos nas mãos com uma caneta preta de tinta indelével. Tornei-me uma oriental. Dancei a dança do ventre ao som de um rap. Seduzi homens com histórias que falavam de frutas, especiarias e comidas. Falei das nossas oliveiras e expliquei que no Líbano não usamos pesticidas. Que tudo é fresco e bom. Que chegávamos ao orgasmo durante a reza.

Quanto mais Nova York me rejeitava mais eu queria ser eu mesma. Quanto mais Amreeka queria esmagar a minha espécie mais eu queria procriar. Quanto mais "Bush" eu encontrasse no caminho mais eu queria abrir uma clareira*. Não me deixaria derrotar assim. Eu também trabalhara muito para chegar onde estava. Não ia deixar que tudo fosse para o espaço por causa de estereótipos. Nova York, por que não se lembrou do melhor que há em você? Por que não se lembrou de que você pertencia a todo mundo?

Depois que me carimbaram com o estereótipo decidi que chegara o momento de explorá-lo. Para representá-lo pintei homens apontando armas. Pintei mulheres apontando armas. Pintei crianças apontando armas. O mun-

---

* A autora faz um trocadilho com Bush, ex-presidente dos EUA, e *bush*, "mato", em inglês. (N. T.)

do inteiro estava indo para o inferno e quem lhe mostrava o caminho era eu. Eu era aquela que abria o caminho para os revolucionários e os espíritos livres. Que agitava a bandeira vermelha. Eu era a liberdade liderando pessoas de verdade. O mundo inteiro estava pegando fogo e eu era a chama mais brilhante. Pintei com púrpura e cor-de-rosa e ouro. Pintei o dia todo e a noite toda. Bebi mais do que pintei. Eu era uma mulher impaciente. Uma mulher determinada a viver. Não permitiria que Nova York ganhasse dessa vez. Não lhe permitiria roubar minha vida. Minha hora de partir não chegara. Eu soube disso quando vi a primeira torre cair. Soube quando as pessoas pararam de falar comigo. Soube que não ia acabar assim. Soube que, quando morresse dessa vez, não seria *aqui*. Não seria em nenhum lugar perto *daqui*.

Eu acreditava que Nova York era mais do que isso. Que essa cidade tinha um lado bom, e que eu não seria derrotada por um desastre realmente pavoroso.

Havia cerejeiras em flor e diálogos divinos. Havia parques, crianças e pessoas com objetivos. Havia pessoas criativas e pessoas inspiradoras. Pessoas que sentiam orgulho. Que haviam trabalhado muito para chegar onde estavam. Pessoas que tinham fé na sua vida e no sistema no qual haviam optado por viver. Pessoas que acreditavam nas pessoas que as circundavam. Pessoas que haviam desistido de tudo somente para ser parte dessa grande cidade. Pessoas que acreditavam. Pessoas como Iyad.

Iyad representava o melhor de Nova York. Viera do Líbano para a Amreeka na tenra idade de dezesseis anos, atrás do sonho glorioso de independência e autoestima. Ou talvez, como tantos antes dele, e sem perceber, ele apenas fugia para algo melhor.

Iyad era dono de uma loja de jogos de xadrez no centro de Greenwich Village e o proprietário orgulhoso de quatro camisas, duas calças jeans, alguns pares de meias, alguma roupa de baixo e um par de tênis pretos. Orgulhava-se do fato de não necessitar de objetos materiais para sobreviver na cidade grande. Seu coração cuidaria de tudo. Iyad vivia de amor e de dar amor.

Seu dia começava por volta das 4h30 da tarde, quando acordava, lavava o rosto, escovava os dentes e saía correndo para pegar o correio ainda aberto. Depois de examinar a correspondência, continuava seu dia e, lentamente, tentava atualizar-se com o mundo ao seu redor. Iyad morava em Nova York há mais de dezesseis anos e nunca mais voltara para casa. Quando penso nisso hoje entendo suas idas diárias ao correio. E me pergunto se alguma vez recebeu alguma carta de casa. Muitos anos mais tarde tentei lhe mandar do Líbano um presente, porém ele nunca o recebeu. Acho que existe uma câmara subterrânea em algum lugar da Amreeka onde jogam fora todo o correio que chega do Oriente Médio ou qualquer coisa escrita em árabe. Talvez até tenham incineradores para queimar qualquer prova de que a pessoa existe. Não sei se Iyad recebeu alguma correspondência de casa depois de 11 de setembro. Provavelmente não.

Eu o conheci em um sebo logo depois da Union Square. Saudosa do Líbano, passava os olhos pela seção do Oriente Médio. Era estranho ver livros em árabe dispostos com livros em hebraico. Devia ser o jeito nova-iorquino. Todo mundo precisava encontrar um modo de viver junto, e em geral eles conseguiam.

À minha direita havia um homem de estatura e peso medianos sentado no chão, rodeado de pilhas de livros que pegara nas prateleiras. Não consegui adivinhar quantos anos teria. Talvez tivesse a minha idade, talvez fosse um pouco mais velho. Contudo percebi imediatamente que era árabe, porque abria os livros da direita para a esquerda e os folheava de trás para frente. Isso era estranho. Ele estava começando a ficar um pouco careca e usava uma camisa polo preta e uma calça jeans gasta. Fiquei parada, olhando para ele durante alguns segundos, e no instante em que me dei conta de que isso não era educado, comecei a me afastar. Ele levantou os olhos e nossos olhares se encontraram. Foi embaraçoso, mas, em vez de desviar o olhar e cuidar da minha vida, fitei seus olhos cor-de-chocolate e no tom de voz descontraído de quem é amigo de longa data perguntei em árabe como ele estava.

— *Keefak?*

— Bem – respondeu. – Para dizer a verdade, muito bem. Há anos que procuro um livro sobre Ziad Rahbani nesta loja e ainda não encontrei nenhum.

— Então por que está se sentindo tão bem? – perguntei.

— Porque acabei de conhecer você.

Sim, Iyad era um poeta paquerador da cidade de Nova York. Eu não conseguia desgrudar meus olhos dos seus, mesmo quando percebi, naquele instante, que ele certamente era mais velho do que eu imaginara. Havia tristeza demais naqueles olhos para alguém de apenas vinte e poucos anos. Algo injusto demais, embora não muito incomum. Ninguém jamais havia sido tão direto comigo. Era uma mistura maravilhosa de masculinidade árabe e autoconfiança *amreekan*. Gostei.

— Eu me sinto como se estivesse em um desses filmes *amreekans* – disse eu. – Essa conversa nunca teria acontecido na nossa terra. Esse tipo de momento só acontece em Nova York, não é mesmo?

— Talvez você tenha razão, até certo ponto, quando diz que este certamente é um momento nova-iorquino, porque, bem, considerando as circunstâncias que nós temos agora em Nova York e o tempo que passa entre, através, debaixo e em volta de nós – respondeu Iyad –, mas quanto a esse filme amreekan que você acaba de mencionar, nosso encontro apenas começou, e se você acha que eu realmente sou prolixo e chato eu lhe digo agora mesmo que este é o começo de uma bela amizade. Você acabou de me conhecer, mas eu já posso ouvi-la me passando um sermão como se estivéssemos casados há cinquenta anos. Sim, sim, parece um começo excelente. Sente-se ao meu lado, minha estudante libanesa, e vamos começar nossa aventura juntos.

– Como sabe que sou libanesa e estudante? – perguntei.

– Por causa do seu sotaque e do jeito como me cumprimentou. Foi descontraído demais para ser de qualquer outro lugar do Oriente Médio. E as palavras "saudade de casa" estão estampadas no seu rosto. Venha, vamos sair daqui, eu convido você para jantar.

– Hum... não, não precisa. Eu tenho que voltar para o trabalho. – Será que ele estava dando em cima de mim? Eu me sentia desconfortável. Não costumo paquerar homens estranhos em livrarias.

– Foi um prazer conhecê-lo, boa sorte com seu livro.

E com isso dei meia-volta e comecei a ir embora. Estava agitada, e meu rosto traía minha perturbação. Eu sorria abertamente, meu coração desembestara a mil por hora. Era tão bom.

– Espere – chamou ele atrás de mim. – Para onde está indo?

– Preciso estudar. Foi um prazer conhecê-lo. E saí praticamente correndo da livraria, rindo e sacudindo a cabeça.

Sim, era muito bom.

De repente eu estava abraçando Nova York, queria envolver todas as pessoas em um enorme abraço. Eu me conectara com a cidade e não me sentia mais sozinha. É impressionante como isso muda a nossa perspectiva em relação a tudo. De repente, todos à minha volta sorriam e estavam felizes. Para onde haviam ido todas aquelas pessoas rabugentas? Eu não conseguia mais vê-las. Corri até chegar em casa. Casa. Eu agora chamava a minha moradia de casa. Era muito bom.

Quando as Torres Gêmeas desmoronaram, fugi delas correndo para pintar. Quando as Torres Gêmeas desmoronaram, Iyad correu para elas. A única coisa que ele queria era ajudar. Ele ajudou a tirar o pó branco das pessoas que corriam em sua direção. Ajudou os bombeiros a carregar seus equipamentos quando eles corriam para as torres. E quando as Torres Gêmeas desmoronaram, ajudou a procurar os corpos. Durante cinco semanas ele passou todas as noites no Ground Zero, ajudando.

BEIRUTE, EU TE AMO:
UM RELATO

Reencontrei Iyad alguns anos antes da queda das Torres Gêmeas. Na realidade foi ele quem me encontrou. Eu estava parada na frente das janelas envidraçadas do Museu de Arte Contemporânea, no Soho, e tentava ver alguma obra no interior sem precisar desembolsar os US$ 8,50 para entrar. Enquanto olhava pelas vidraças, percebi um reflexo que me fitava, e que não era o meu olhar. O reflexo estava começando a ficar um pouco careca e vestia uma camisa polo preta. Meu coração deu um pulo. Mas não me voltei. Acho que estava com medo de enfrentar meu destino.

— Eu sei que está me vendo. Não tenha medo. Não estou seguindo você. Nem estou paquerando você. É que eu também estou morrendo de saudade do Líbano. E em mais de uma década e meia não encontrei nada que se aproximasse tanto do Líbano quanto você.

— Eu nem sei seu nome — respondi, sempre de costas.

— Iyad — disse o reflexo.

— Iyad é um nome bonito, mas está perto demais do Líbano. Eu estou apenas começando a me habituar a esta cidade. A me entrosar. E agora você vai tirar tudo isso de mim e me fazer sentir novamente uma estrangeira.

— Não, eu prometo que não. Na verdade vou ajudá-la a ver o lado mais bonito da cidade, aquele que você nunca veria sozinha.

— Iyad, eu não estou procurando amor. O amor é sofrido demais.

— O amor é sempre sofrido demais. É o que o torna tão extraordinário. Mas eu lhe prometo, se é isso que você quer, que nenhum dos dois se apaixonará pelo outro. Mas você acabará me amando. Isso eu não posso impedir.

Virei-me de frente para ele, estendi a mão, e disse:

— Meu nome é Zena, e eu prometo que nunca me apaixonarei por você.

— Olá, jovem Zena — respondeu Iyad. — Eu sou Iyad e prometo que nunca me apaixonarei por você.

Depois que as Torres Gêmeas desmoronaram eu ergui um muro entre mim e a cidade. Senti que morria de novo. Depois que as Torres Gêmeas desmoronaram, Iyad desapareceu. Ele dormia de dia e trabalhava de noite. Carregando entulho. Respirando gases tóxicos. Procurando sobreviventes. Procurando as pessoas que ele tanto amava. Procurando nova-iorquinos como se fossem da sua família. Acho que ele os sentia assim. Todos os onze milhões de nova-iorquinos eram da sua família. Seu coração assumiu a direção. Sua mente se desligou. Ele não aguentava mais as perguntas do tipo, como, como algo assim podia acontecer? Seus dois mundos entraram em colisão. Tudo o que estivera escondido durante tantos anos o alcançava agora. Parecia que a violência se tornava universal.

Enquanto escavava com as próprias mãos, Iyad questionava a sua identidade. Árabe, árabe-amreekan, amreekan, terráqueo? Ele olhava para suas mãos ensanguentadas enquanto arrancava pedra sob pedra, estilhaços de aço e pedaços de arame em busca de sobreviventes. Era seu sangue ou o deles? Estaria seu sangue misturado às cinzas da devastação? Havia alguma diferença? O que ele diria para os vizinhos? Como explicaria o que acontecera? Porque, depois de 11 de setembro de 2001, todos os árabes de repente precisavam se explicar. E se não soubéssemos? E se aquilo não tivesse nenhuma relação conosco?

Eu me lembro do dia em que comecei a amar Iyad. Estávamos sentados no seu apartamento minúsculo, em algum ponto entre SOHO, NOHO, e Deus sabe onde, bebendo chá de sálvia. Eu trabalhara até tarde no estúdio e resolvi fazer-lhe uma visita. Encontrei-o atrás do balcão na sua loja de jogos de xadrez, conversando com um freguês que parecia indeciso entre um jogo de xadrez chamado *Os Simpsons* e a versão de *O Senhor dos Anéis*. Olhei pela vitrine e tentei ficar séria. Era uma hora da manhã e eu podia quase adivinhar como a conversa entre os dois devia estar interessante. O freguês usava uma capa de chuva bege e parecia o detetive Colombo, o que era estranho porque Iyad era de fato um grande fã de Colombo. E se o homem fosse o próprio, em carne e osso? Entrei na loja e fingi que olhava em volta. Iyad me ignorava de propósito. Peguei algumas peças de xadrez de vários tabuleiros e examinei-as à luz que penetrava do poste aceso na rua.

O homem da capa de chuva olhou para mim, mudou de posição de repente e debruçou-se sobre os jogos de xadrez em cima do balcão. Notei que usava sapatos pretos brilhantes com cadarços que estavam molhados. Não chovia lá fora nem chovera a semana toda, o que atiçou minha curiosidade. Ele abaixou a voz e começou a falar rápido, como se quisesse fechar o negócio. Caminhei lentamente até o balcão, olhei direto para os olhos de Iyad e perguntei quanto custava o jogo dos *Simpsons*.

— É caro demais para você, jovem senhorita.

— Não importa — respondi. — Responda à minha pergunta.

— V-v-v-você não ouviu o que ele disse? — gaguejou o homem da capa de chuva voltando-se para mim.

Desapontada, vi que não era o detetive Colombo.

— Sai daqui — prosseguiu, apontando para a porta.

— Sair daqui? Por que eu deveria sair daqui? Este é um país livre, não é? Oh, eu sempre sonhei em dizer essa frase um dia.

— Olhe, eu cheguei primeiro e esse jogo é meu. Se quer mesmo saber, eu já o comprei — continuou o homem, tirando um monte de dinheiro do bolso interno da capa de chuva. Ele contou vinte notas novinhas de um dólar. – Pronto. Aí está. E vá à merda, eu disse que este jogo era meu – explodiu ele agarrando a caixa e precipitando-se para fora da loja.

Iyad e eu caímos na gargalhada. Eu nunca tinha visto algo tão estranho em toda a minha vida.

– Está vendo, jovem Zena, é por isso que eu durmo durante o dia. O dia é tão chato, é por isso que eu durmo o dia inteiro. Nova York acorda de noite. E por falar em noite, ela está quase terminando. Venha, vamos sair para uma aventura.

– Você e as suas aventuras. Estou cansada, tudo o que eu quero é dormir.

– Não, não, você não pode dormir hoje à noite. Hoje à noite nós vamos passar em um supermercado no Brooklyn, comprar algumas coisas e fazer uma festa.

– Passar em um supermercado? E quem está acordado a esta hora para nos vender algo que seja comestível?

– Jovem Zena, você acha que em toda Nova York sou o único árabe que vive em uma realidade alterada? Apesar de você provavelmente não querer reconhecer esse fato, nós somos muitos aqui, inclusive você. Quando entardece, o fardo e a dor de estar longe da nossa terra são intensos demais. Não conseguimos dormir. A culpa se apodera de nós e precisamos encontrar algo que nos ajude a passar a noite. Venha, venha ver com seus próprios olhos. Você acha que é diferente da gente. Você usa o estúdio como desculpa para ficar saltitando por aí. Por que passou aqui e não foi para casa? Você sabe que uma conversa comigo não leva menos que três horas. Portanto, não finja que não entende o que estou tentando dizer.

Soltei um gemido, mas concordei com a cabeça. Ele tinha razão. Ele sempre tinha razão.

– Tudo bem, tudo bem, vamos. Mas amanhã de manhã eu tenho de estar na universidade às nove. Não me deixe chegar atrasada.

Em um piscar de olhos ele passou a loja para um ajudante que dormia no quarto dos fundos e nós saímos. Aproximei-me do meio-fio e tentei parar um táxi. Iyad me agarrou e abaixou a minha mão.

– O que foi? Estou tentando pegar um táxi. Você não está pensando em ir de metrô a uma hora da manhã, está?

– Jovem Zena, nós temos a noite inteira diante de nós e uma cidade maravilhosa para explorar. Por que desperdiçar um único momento? Por que apressar as coisas? Nós vamos a pé até o Brooklyn. Não é o destino que importa, é a viagem.

— Você enlouqueceu? Ir a pé até o Brooklyn???

Chegamos à ponte do Brooklyn em apenas quarenta minutos. O tempo voava, literalmente.

— Zena, para ver realmente uma cidade você precisa caminhar por ela. Precisa vê-la de olhos abertos. Não pode ter pressa. Você precisa saborear cada esquina que dobra, porque jamais a dobrará da mesma maneira.

Descobri que, apesar de estar além da exaustão, eu era capaz de acompanhar seu ritmo. A lua brilhava resplandecente. Ela nos conduzia, nos protegia. Em momento algum me senti insegura. Sim, era quase como estar em casa. Enquanto atravessávamos a magnífica ponte de madeira eu não parava de olhar para a água por cima do peitoril. A cidade inteira se refletia na água. Eu nunca a vira assim. Era realmente maravilhosa e, de alguma maneira, parecia ser só minha.

Depois da ponte dobramos à direita e caminhamos lentamente até a Atlantic Avenue. Era ali que a cidade voltava a viver. As lojas estavam abertas. Os cafés que se enfileiravam nas ruas estavam apinhados de gente. Vi homens sentados às mesas, vestidos de *galabiyas*, uma túnica usada sobre a roupa, fumando narguilés. De vez em quando Iyad parava para cumprimentar algumas pessoas beijando-as três vezes na face de acordo com o costume libanês. Mas nem todos eram libaneses. Havia algerianos e iemenitas. Sírios e sudaneses. Fiquei parada, observando, e ninguém parecia notar a minha presença. Todos bebiam chá e conversavam sem parar. Será que eu ainda estava em Nova York?

Depois do que me pareceu mil apertos de mão e um milhão de beijos, entramos em um supermercado envolto em um aroma de especiarias. Com um sorriso enorme no rosto, Iyad empurrou um grande cesto de plástico na minha direção e me mandou comprar tudo o que eu quisesse. Íamos fazer uma farra, e eu não devia me conter.

— Iyad, como vamos levar tudo isso para casa?

— Querer é poder — respondeu ele apontando para a minha mochila. — Não se preocupe, eu a carrego — tranquilizou-me enquanto tirava a mochila dos meus ombros.

Uma das coisas de Iyad de que mais me lembro é a sua força bruta. Talvez seja o que acontece quando se vive sozinho durante tanto tempo: você acaba esquecendo como tocar nas pessoas. Como King Kong, seus abraços sempre comprimiam todo o ar dos meus pulmões, e seus apertos de mão eram esmagadores.

Enchemos o cesto com comidas árabes que normalmente não são encontradas nas lojas comuns, pagamos e voltamos para o seu apartamento. Dessa vez a caminhada foi muito mais rápida. Eu estava tão agitada que não conseguia parar de falar sobre o que vira. Estava felicíssima e me sentia como se finalmente pertencesse a esta cidade. Tudo o que eu precisava era de uma coisinha qualquer que me fizesse lembrar da minha pátria, e agora eu a havia encontrado. Um pequeno gesto capaz de me aproximar um pouco da família que eu deixara para trás. Perguntei-me como fariam as outras pessoas que moravam naquela grande cidade. Elas também teriam suas respectivas válvulas de escape? Deviam ter. Precisavam ter. É assim que sobrevivemos. Chinatown. Little Italy. Agora tudo fazia sentido. Antes eu achava que esses bairros não passavam de armadilhas para turistas, mas agora sabia o quanto eles eram reais e necessários.

Até sairmos da loja a lua já fora dormir, as luzes haviam sido apagadas e as venezianas foram fechadas. Já eram quatro horas da manhã.

Continuamos caminhando até o apartamento. Iyad me deixou entrar primeiro. Ele sempre fazia isso. Era algo que eu amava. Sua camisa polo preta e seus jeans gastos eram apenas um invólucro que cobria o cavaleiro que habitava dentro deles. Iyad era um poeta vivo de verdade. Enquanto eu me espremia pela porta do seu apartamento, meu cotovelo esquerdo roçou seu braço suavemente. Senti cócegas quando os seus pelos grossos e ondulados me tocaram. A sensação foi de segurança.

— Senta, senta — ordenou ele. — Eu cuidarei de tudo. Estude, se quiser. Faça o que quiser, mas não se mexa.

Sentei-me em uma pequena cadeira de madeira na cozinha, debrucei-me em cima da mesa, apoiei a cabeça nas mãos, fechei os olhos e comecei a adormecer. Eu ouvia Iyad em volta de mim, abrindo e fechando armários apressadamente. Ouvi-o guardar coisas na geladeira. Ouvi-o atender a um telefonema do Líbano. Ouvi a melancolia na sua voz. Isso partiu meu coração. Fiquei imóvel durante horas. Até Iyad apoiar sua mão quente no meu rosto e me acordar.

A princípio entrei em pânico. Eu não sabia onde estava nem como chegara ali, mas logo depois comecei a me lembrar de tudo. A caminhada ao luar até Brooklyn. O supermercado.

— Tome, beba isto — disse ele empurrando uma xícara de chá quentíssimo para as minhas mãos. — É chá preto e de sálvia. Acho que vai gostar.

— Coma — mandou ele empurrando na minha direção tigelas minúsculas cheias de queijo *labneh* e azeitonas pretas.

Ele rasgou um pão árabe pela metade.

— Pegue. Quer mel? Para o chá?

De olhos vermelhos, fascinada por aquele espetáculo, abaixei a cabeça e murmurei:

— Obrigada.
— Você ainda tem uma hora para ir para a universidade. Coma.
— Obrigada, Iyad. Obrigada.
Ficamos sentados em silêncio, saboreando o chá de sálvia. Como um casal casado há mais de cinquenta anos, sentíamo-nos confortáveis no nosso silêncio.
Até que eu o rompi.
— Iyad, posso amá-lo sem me *apaixonar* por você?
— Jovem Zena, você pode fazer o que quiser. Nós estamos em um país livre.
Sorrimos um para o outro. Eu o amava. Eu o amava por destruir minhas ilusões sobre aquela cidade. Durante o tempo todo eu havia tentado me transformar em uma nova-iorquina, e numa única noite isso finalmente aconteceu.
Enquanto saía a caminho da faculdade olhei em volta e me perguntei se aquilo acontecia com todo mundo. Todos nós chegávamos àquela cidade como estranhos, porém, em algum momento, nos tornávamos uma família e, quando essa transição acontecia, o renascimento era maravilhoso: sentir que você faz parte da maior cidade deste planeta.
No entanto, depois que as Torres Gêmeas desmoronaram, eu fiz as malas e joguei a minha arte fora. Despedi-me de Brooklyn, Queens e Manhattan, peguei um avião e voltei para Beirute.
Deixei Nova York.
Deixei Iyad.
Cheguei a Beirute. Era suicídio e felicidade.

```
Assunto: Você está bem???
Para: zena
Sexta-feira, 14/7/2006        07h11      1KB
```

Zena,
Acabo de ler que Israel bombardeou o Líbano. Zena, você está bem? Estou preocupada. Por favor, escreva dizendo como você está. Sua família está bem?
Amor, Marika

5

Mas antes de Nova York e Iyad houve Maya e Beirute. Os dois grandes casos de amor da minha vida atual. E é aqui que minha história começa, enfim.

Conheci Maya em outubro de 1994, no primeiro dia de aula da universidade amreekan de Beirute. Eu acabara de me mudar da Nigéria, onde vivi durante toda a minha vida, para começar meus estudos universitários em Beirute. Mudar da África para o Oriente Médio não era tão difícil como imaginara que seria. Passei de um sistema de estudos amreekan para outro. Essas incubadoras existem no mundo todo, sendo que seu objetivo é nos preparar para a Ordem do Novo Mundo. Eu acredito que o indício de um sistema despótico saudável é quando se está dentro dele sem que o percebamos.

Era uma tarde árabe quente e úmida. As tardes árabes são como manchas de sorvete de chocolate no canto da boca: doces e pegajosas. São o jasmim em flor. Meu cabelo grosso grudava-me no rosto enquanto eu corria freneticamente pelo campus à procura do meu prédio. Naquela época eu ainda usava calças jeans. Hoje não as suporto; atualmente uso somente roupas de linho. A calça era de cintura baixa e as bocas esfiapadas se arrastavam atrás das minhas botinhas Doc Martins azul-marinho que eu pintara com desenhos de margaridas brancas. Acho que era uma espécie de moda. Claro que não no Líbano, mas em um lugar distante chamado Seattle.

Enquanto eu corria, minha mochila rangia para cima e para baixo e irritava minhas costas molhadas de suor árabe. O suor árabe tem cheiro de flor de laranjeira e exaustor de carro. Eu estava preocupada com a possibilidade de que o sutiã aparecesse através da minha camiseta branca. Havia sempre tantas coisas com as quais eu não me importava, mas meus seios e tudo o que se relacionasse a eles sempre me deixavam encabulada. Não que fossem grandes ou pequenos demais. Eram apenas seios.

Quando entrei no prédio mofado das Artes e Ciências procurando a minha sala de história, o fedor de livros velhos e professores decrépitos penetrou-me pelas narinas. A cor das paredes – um amarelo-ocre – fez meus olhos arderem. As salas de aula não tinham paredes para separá-las dos corredores principais, mas deteriorados muxarabiês de cimento. Os corredores tinham nomes estranhos que não estavam escritos nem em árabe nem em inglês. Talvez fossem na língua da fórmica* e de velhas favas.

No fundo do corredor ouvi uma voz profunda que falava em inglês com um forte sotaque árabe. As palavras "exame" e "Kaiser" chamaram a minha atenção. A História me encontrara. Enquanto tentava recuperar o fôlego, vi uma moça de cabelo comprido lendo, profundamente interessada, o que me

---

* Tradução literal. A autora usa esta expressão como uma metáfora para algo que é velho, disfuncional e desatualizado. (N. T.)

pareceu ser um romance popular. Ela estava sentada com as costas eretas, porém com os ombros ligeiramente vergados, como se quisesse proteger o livro sagrado que ela segurava com delicadeza entre os dedos. Comecei a rir sozinha porque ela se parecia muito comigo. O rato de biblioteca não tinha medo de que o professor soubesse que depois de cinco minutos ela havia se entediado com a sua palestra. Estava lendo bem no meio do discurso inaugural e dava a impressão de que, certamente, tinha um problema com autoridades. Achei o quadro extraordinário. Muitas das moças libanesas que eu conhecera até então não gostavam muito de ler. Na minha opinião, elas eram umas zumbis *fashionistas*, seguidoras da moda viciadas em batom cor de laranja. Muito estranho. Continuei até a sala de aula, esperando poder ler o título do livro. Eu estava tão intrigada! Ou será que já encontrara meu refúgio? Ela lia da esquerda para a direita, ou seja, em inglês. Fiquei parada ali no corredor, olhando para ela, mas como estava sem óculos não consegui decifrar o título do livro.

Dizem que, quando encontramos uma alma gêmea pela primeira vez, a reconhecemos imediatamente, embora demore um pouco até nossa mente consciente registrar o fato. Provavelmente, eu sabia que acabara de encontrar a pessoa que seria a minha melhor amiga, mas estava tão concentrada em tentar descobrir o título do livro que nem percebi o raio de sol que atravessara o muxarabiê e agora reluzia no seu cabelo.

Como um halo.

— El Kkkhalil? — um estrondo supersônico com um forte sotaque ressoou na sala de aula. — Você está atrasada. Entre.

Abaixei minha cabeça, olhando para o chão, e caminhei até o fundo da sala com os polegares agarrados nas alças da minha mochila verde-oliva. Passei pela moça do cabelo escuro comprido e pele de porcelana, e ela nem piscou os olhos. Nem percebeu o botton preso na minha mochila, que dizia "AUTORIDADE, FODA-SE" ou aquele outro "SALAM, SHALOM, PAZ". Era evidente que a mulher estava mergulhada em outro drama, em outro lugar. Desejei poder estar lá também.

Como eu detestava aquela universidade e todo o seu atraso. *Há monstros no campus*. Estávamos em 1994 e a guerra civil terminara havia apenas três anos. Antes da guerra, a universidade era considerada uma das melhores do Oriente Médio; era uma algazarra cultural em que homens morenos e sensuais namoravam estrangeiras louras. A época era a década de 1960, os "anos dourados" no Líbano. Como tantos outros ao redor do mundo, os estudantes do Líbano passavam o tempo fumando haxixe, tendo encontros sexuais e instigando a revolução. Isto é, a revolução da mente. Quando a guerra começou, todas as lourinhas sumiram do país; os professores e os estudantes também foram embora e, junto com eles, a credibilidade da universidade. Tudo o que restou foi uma mistura enfadonha de ativistas políticos míopes sem idade suficiente para votar e caixas e mais caixas de canetas Bic azul. Os conselhos estudantis se transformaram em campos de batalha para milícias. O capítulo sobre a evolução foi apagado dos livros de biologia. A palavra "Israel" foi riscada de todos os mapas e livros da biblioteca. Em 1994, sobravam apenas alguns professores aposentados, de dentaduras grotescas, que deviam ter parado de trabalhar há décadas. A guerra civil conseguira proteger sua incompetência e garantir sua estabilidade no emprego. E quem tinha de arcar com o prejuízo era eu.

Eu poderia ter ido para qualquer outro lugar no mundo: Londres, Paris, Timbuktu. No entanto, havia escolhido Beirute. Enquanto todos os alunos da escola secundária se candidatavam para as universidades e cada um enviava sete ou dez formulários, eu preenchera apenas um. Era Beirute ou nada. Eu visitara o Líbano várias vezes na infância e sempre o detestara. Detestava o calor. Detestava o trânsito. Detestava as buzinas incessantes dos carros. Detestava os vendedores dos biscoitos *kaak* nas ruas, montados nas suas bicicletas gordurosas. Detestava os imigrantes sírios que trabalhavam como operários nas construções e sempre tentavam passar a mão nas mulheres. Detestava não saber falar o árabe ou o francês, as línguas oficiais do Líbano. Detestava que as pessoas beliscassem minhas bochechas e comentassem como eu havia engordado para depois afirmarem que um dia eu encontraria um marido que teria a boa vontade de não ligar para o meu peso e para o fato de eu não saber como me comportar em sociedade. Um marido que até aceitaria a minha mania de ler, pintar e me isolar. Um que me ensinaria o árabe enquanto me beijava e acariciava.

Por que fui para lá? Por que escolhi me mudar para Beirute no auge da minha juventude? Em 1994, Beirute não era mais do que uma cidade decadente e podre, abandonada por Deus. Enquanto preenchia o formulário para a universidade, eu sentia que aquilo era algo que eu simplesmente precisava fazer. Meus amigos disseram que eu estava louca e quiseram saber por que eu desistia da vida tão cedo. Eu tinha tudo, por que jogar fora? Mas eu não via as coisas sob esse prisma; eu realmente acreditava que precisava me mudar para Beirute. Era algo profundo e pessoal. Era o meu momento. Eu mal sabia que Beirute já colocara seu dedo sobre mim. Eu caíra na armadilha do seu fascínio e não sabia disso. Ela me chamou e eu obedeci.

Quando passei pela carteira da moça do cabelo escuro dei uma espiada no título do livro. Eu sabia que aquela mulher me consolaria dos namorados bobos que partiriam meu coração. Que àquela mulher eu confiaria meus segredos quando deixasse de ser virgem. Que aquela mulher compartilharia comigo a sua versão de Beirute, abriria meus olhos para o seu mundo frenético da classe média sunita e para as histórias fabulosas que o acompanhavam: os segredos, as mentiras, a troca de cônjuges, os clarividentes e os videntes de borra de café. Que aquela mulher me mostraria a Beirute autêntica.

    Passei por ela e me sentei duas fileiras atrás dela. Comecei a sonhar com as nossas futuras aventuras. Com as mudanças progressistas que faríamos na nossa sociedade decrépita. Com as margaridas que colheríamos. Com nossos filhos, a quem daríamos nomes bobos e que se tornariam grandes amigos e cresceriam e se casariam um com o outro. Com nós duas acordadas a noite inteira tramando e planejando nossos sonhos. Com nós duas usando a arte para mudar nossa vida.

    Maya me mostraria os prós e os contras da Beirute pós-guerra. Naquela época seu cabelo era castanho-escuro, quase preto. Suas sobrancelhas eram maciças. Seus polegares eram largos e redondos, como os da sua mãe e da sua avó, como eu ficaria sabendo mais tarde. Ela usava um casaco marrom que não lhe caía muito bem e um lenço fino pendurado solto em volta do pescoço. Estava lendo *A era da inocência*.

beirute querida,

> *Quando ouvi minha primeira história de amor*
> *Comecei a procurar você, sem perceber*
> *Como isso era irracional.*
> *Na realidade os amantes não se conhecem finalmente em um lugar*
> *Eles estão um dentro do outro desde o início.*

Jelaluddin Balkhi (Rumi)

O período após a guerra civil libanesa
foi de esperança e mudança.
A partir de 1991, as pessoas
começaram a reorganizar a vida
e a demolir e reconstruir os edifícios.
Compraram computadores e telefones
celulares. Colocaram sua energia em
novas crenças e novos sistemas,
como grandes empresas e empréstimos.
A guerra terminara e uma nova
indústria começava a se formar.
As pessoas cresciam e construíam,
e tudo acontecia sob a mão sombria
da interferência síria no governo
do Líbano.

No entanto, eu não via o renascimento. A única coisa que eu conseguia enxergar eram as cicatrizes. As casas e os edifícios de Beirute perfurados de balas. As lojas de roupas que ainda vendiam calças bocas de sino porque haviam ficado vinte anos em coma. A nuvem de haxixe que encobria o céu. Os fios elétricos que se entrecruzavam pela cidade. As ligações piratas. O trânsito. O trânsito. O trânsito. Os alcoólatras que haviam perdido sua infância na guerra. As famílias que tentavam lidar com a depressão. As famílias, para quem a guerra se tornara um modo de vida, que se esforçavam para se encaixar na nova sociedade voltada para o consumo. As televisões mandavam comprar, mas ninguém tinha dinheiro. As pessoas que antes faziam fila para comprar pão, agora se enfileiravam para se cadastrar no Ministério da Previdência Social. Queriam que o governo lhes pagasse pelas casas que haviam perdido. Depois que ficavam na fila durante horas e horas o governo sempre lhes dizia para voltar na semana seguinte e tentar outra vez. Uma farsa que continuaria por anos a fio. Crianças que só falavam árabe tentavam entender a língua e a cultura das crianças ocidentais que voltavam com a família para a sua pátria depois de uma ausência de vinte anos. As moças competiam pela atenção dos rapazes porque, de repente, havia no país um desequilíbrio desproporcional entre homens e mulheres. Vi muitos produtos outrora proibidos por constarem na "lista negra" retomarem lentamente seu caminho de volta ao mercado. As listas negras só funcionam em tempos de guerra, quando as pessoas estão convencidas de que lutam pela verdade e pela justiça. Entretanto, assim que o dinheiro, a riqueza e as oportunidades surgem, elas esquecem facilmente o nome das marcas que haviam jurado jamais comprar. O nome das marcas que representavam os opressores. O nome das marcas cujas fábricas estavam localizadas em Israel. O nome das marcas associadas ao sionismo, como Nestlé, Coca-Cola e as calças jeans Levi's. Tantas coisas haviam sido proibidas. Mas agora as pessoas queriam ser capitalisticamente corretas e justas.

Agora era certo comprar uma Coca-Cola, mas não ouvir um disco do Nirvana. Uma nova conspiração fermentava no ar. Os adolescentes eram detidos pelo Serviço Secreto e interrogados para saber por que usavam roupas pretas e ouviam música heavy metal. Eram adoradores de Satanás? Serviam ao Diabo? Essa música mandava que servissem ao Diabo? Nirvana mandava que pulassem das janelas dos hospitais? Meu amigo Milad pulou. Milad era uma alma sensível que não suportara enfrentar Beirute. Era apenas uma das suas várias vítimas disfarçadas de adolescente perturbado. Seu cabelo era tão macio quanto a sua voz. Sentimos falta dele. Foi ele o primeiro de muitos dos meus amigos a admitir a vitória de Beirute. Sua mãe culpou a música que ele costumava ouvir. Quando a polícia investigou o suicídio dele, ela fez uma lista de todos os CDs que encontrou no seu quarto. Naquela época cerca de cinquenta bandas estavam censuradas. A lista incluía a banda de rock inglesa Oasis.

E havia também os homens e as mulheres vítimas de abuso sexual na infância. E as repercussões disso, que se manifestavam no seu comportamento diário na vida adulta. A violência se manifesta de muitas maneiras durante a guerra. Um tio afetuoso pode da noite para o dia transformar-se em um animal selvagem, com um desejo incontido de copular com alguém. Sua sobrinha. Seu sobrinho. Até seus próprios filhos. Essas coisas, entre outras, são difíceis de controlar durante a guerra. E quando a guerra termina, muitas vezes os crimes hediondos permanecem impunes. Por conseguinte, as crianças crescem sob um fardo pesado e um desejo de se autopunirem e, possivelmente – melhor dizendo, provavelmente –, de reproduzir no outro a mesma experiência que lhes foi imposta.

Vi edifícios sendo cobertos de andaimes verdes e cinza. A selva de cimento estava sendo reconstruída. A guerra estava sendo apagada. A moda era plástico e vidro. O silicone substituía a realidade. E os cidadãos se reconstruíam da mesma forma que seus edifícios. As moças quebravam seu nariz cultural e o substituíam por um nariz de Barbie. Embora nem sempre tivessem dinheiro para isso, as mulheres inflavam os seios para flutuar melhor nas persistentes investidas que faziam aos ricaços nos balneários pertencentes aos ex-senhores da guerra milicianos agora metamorfoseados em políticos.

Era *la vie en rose*, enquanto nosso povo se afogava.

Tal como seus edifícios, as pessoas também se tornavam chamativas e sexies por fora e ocas e vazias por dentro. A boa aparência era obrigatória. Não havia outra opção. Elas tinham sido tão humilhadas e desgastadas pela guerra que somente lhes restava esquecer. O esquecimento era a maneira mais fácil para lidar com tudo o que estava acontecendo. E no Líbano havia pelo menos mil e um jeitos de esquecer. Havia remédios controlados, remédios que podiam ser comprados sem prescrição, e os bons e velhos medicamentos, pura e simplesmente. Havia os tranquilizantes Lexotanil e Xanax. Uísque Dewars e White Horse. Drogas como Lebanese Blond e Lebanese Red. Massagens tailandesas e prostitutas romenas. Havia as boates – ou nightclubs, como eram chamados – e as superboates.

Uma boate, ou simplesmente um *night*, era onde se ia para dançar e beber. Em geral, o público era predominantemente masculino, porque de certa forma se considerava vergonhoso uma mulher querer sair no meio da noite para dançar e divertir-se. A diferença entre uma boate e uma superboate era que nesta se podia dançar, beber e pagar uma dançarina "prostituta".

Como a prostituição era tecnicamente ilegal, as prostitutas entravam no Líbano com documentos profissionais de trabalho que as rotulavam de "artistas" ou "dançarinas". Todos, desde o governo até o setor de imigração, sabiam que eram prostitutas, mas essa era uma dessas coisas permitidas sem problemas no Líbano. Uma característica tipicamente libanesa – o Líbano sempre dava as boas-vindas para todos os tipos de pessoas independente de seu nível de vida. Nossa hospitalidade era notória. Prostitutas, soldados da milícia, políticos corruptos, evangelistas puritanos, poetas, artistas, niilistas, sonhadores, jihadistas, homens de negócio – todos eram bem-vindos. Éramos a Paris do Oriente Médio.

Isso era correto.

Tranquilize-se, claro que tínhamos regras. Mas ninguém as seguia.

É engraçado, porque essa prática de mulheres virem para o Líbano para ter encontros sexuais é praxe até hoje, só que agora nós também ouvimos o outro lado da história. As mulheres vêm para o Líbano a fim de ter sexo com homens libaneses. Só que hoje em dia elas são oriundas dos países árabes vizinhos, e não da Europa Oriental. Essas princesas, que são obrigadas a compartilhar um marido com dez outras princesas, voam para o Líbano com a intenção de satisfazer sua libido. E pagam muito bem. Líbano: uma cama para todos. Satisfação garantida para todos. Vinte e quatro horas por dia, sete dias da semana.

Enquanto uma grande parte da nossa população tentava esquecer, havia aqueles que não conseguiam, por mais que tentassem. Jamais conseguiriam esquecer. Eram aquelas famílias que haviam perdido a moradia. Que haviam assistido à morte de irmãos e irmãs bem diante dos seus olhos. Que não tinham dinheiro, emprego e nenhum país para onde emigrar. Os ricos ficavam cada vez mais ricos e os pobres, cada vez mais pobres. Aqueles que não conseguiam esquecer – que não tinham permissão para esquecer – começaram a resistir. Era perceptível nos seus rostos, nas suas roupas, até mesmo nas suas saladas. A alface americana era somente para os ricos.

Nas paredes da casa penduravam-se fotografias dos mártires da família mortos na guerra. Qual guerra? Todas. Já haviam perdido a conta. As pessoas enraivecidas perderam a fé no novo governo e a transferiram para as antigas milícias da guerra. O novo governo cortava gradualmente o suprimento de água potável das casas. O novo governo cortava gradualmente o suprimento de eletricidade do bairro. O novo governo ignorava completamente, e de várias formas, uma grande parcela da sociedade. E assim o povo transferiu sua fé para suas milícias. Se o governo não queria reconstruir suas casas, as milícias as reconstruíam. Se o governo não queria construir uma escola, as milícias a construíam. Se o governo não conseguia construir um hospital, as milícias conseguiam. Em pouco tempo elas construíram a sua própria comunidade, o seu próprio país. As milícias.

Depois que a guerra civil terminou, vi a marginalização dos palestinos nos campos de refugiados. Vi como as pessoas queriam esquecê-los. Como os culpavam por tudo o que dera errado no Líbano. Os palestinos começaram a desaparecer lentamente da realidade da mente das pessoas. E os muros de cimento que os circundavam se tornavam cada vez mais altos e mais altos, isolando-os do resto do país. O governo ignorou sua situação. O governo recusou-se a tomar conhecimento deles, recusou-se a fornecer-lhes serviços sociais e reduziu suas possibilidades de obter empregos ou adquirir a cidadania. E agora eles estavam sentados ali, naquelas prisões fechadas que o governo chamava de "acampamentos", sem identidade, sem esperança, sem futuro, sem eletricidade, sem água, sem escolas, sem ar puro, com apenas um pedacinho de céu. Sempre sentados, com a esperança de um dia poderem retornar para sua pátria. Gerações de crianças nasceram aqui no Líbano. E elas também sonham em voltar para casa. Embora vivam no meio da sordidez e da pobreza, seu coração arde resplandecente de orgulho, repleto de uma crença sólida de que sua vida nos acampamentos é apenas temporária. Elas acreditam na Palestina. Acreditam que vêm de uma grande nação. E acreditam que voltarão.

Minha irmã Lana trabalhou nos campos durante muitos anos. Ela era jovem e comunista. Sabia que essas pessoas pertenciam a um povo horrivelmente injustiçado. Ela participou com suas próprias mãos da reconstrução de casas; acalmou com sua voz crianças pequenas, contando histórias que falavam de um tempo melhor do que aquele. Com seu coração, ela conheceu Jihad.

Jihad era bem mais jovem do que ela. Seus olhos verdes brilhavam e sua pele tinha um tom dourado. Jihad apaixonou-se por Lana à primeira vista. O cabelo dela, comprido, esvoaçante, beijado pelo sol, simbolizava uma liberdade com a qual ele podia apenas sonhar. Lana não tinha medo do futuro. Era professora voluntária e dava um curso de terapia artística para crianças. No seu tempo livre carregava blocos vazados de concreto e cimento, às vezes dois de cada vez, com as próprias mãos, ajudando a construir as casas tão necessárias. Lana tinha um cachorro que a seguia por toda parte. Ela falava mal o árabe.

Com o passar do tempo Lana apaixonou-se por Jihad. Ela era bem mais velha do que ele. Assim que começava a anoitecer, ela o tirava do acampamento furtivamente no seu carro e os dois iam passear em Beirute. Ela mostrou o mar para Jihad e ele falou da Palestina, que só visitara nos seus sonhos. Conversavam sobre o futuro; como as coisas mudariam, porque certamente não podiam continuar assim para sempre. Pouco depois Lana conheceu a família de Jihad e passou a ser como uma filha para eles. Sempre que alguém adoecia, ela levava remédios de Beirute. Se fosse o início do ano letivo, levava livros para a escola. Durante o Ramadã sentava-se à mesa para comer com eles. Eles sempre a esperavam se servir primeiro, e só depois começavam a comer. E sempre insistiam em que ela começasse a comer primeiro. Era o que eles chamavam de *karam*, ou hospitalidade. Por menos que tivessem para comer, só pensavam em oferecer o pouco que tinham para os outros. Embora vivessem em uma prisão de cimento superlotada, e apesar dos esgotos a céu aberto que os rodeavam, um hóspede era sempre um rei (ou uma rainha) na sua casa. Ninguém podia contar muito com o presente, porque nada permaneceria como estava. Um dia voltariam para a sua casa. Um dia teriam suas terras de volta. Sua fé era inabalável.

Mas essa é apenas uma das histórias sobre o que acontecia nos campos. Havia famílias que perdiam a fé. Que ficavam tão acostumadas com as esmolas que paravam de trabalhar. Que esperavam que os outros dessem a vida por elas porque outros haviam cometido injustiças com elas. E com mais ninguém. Elas se tornaram amarguradas, de olhos embaçados. Já não conseguiam mais se lembrar da Palestina. E não se importavam. Elas também queriam esquecer. Mas como alguém é capaz de esquecer quando está trancafiado atrás de um muro de concreto? Como alguém pode esquecer quando está rodeado de sinais de indigência? Parecia que a maneira mais fácil de esquecer era deslocar a atenção para outro objetivo. Servir a uma nova causa. Uma nova paixão. Com o passar do tempo, esses campos se tornaram um terreno fértil para novos partidos políticos, novas milícias e novas guerras. Tudo isso, enquanto o país recuperava a sua condição de "pérola do Oriente Médio". O Líbano era, e sempre será, o amante da histeria.

O Líbano era, e sempre será, esquizofrênico.

Enquanto os palestinos estavam sendo "contidos" a economia crescia. O governo enganava as pessoas fazendo-as acreditar que a estabilidade encontrara, por fim, o Líbano. Havia muito trabalho e ao mesmo tempo trabalho insuficiente. Era estranho. Ninguém queria trabalhar em empregos que pagavam mal. Ninguém queria ser operário da construção ou lixeiro. As pessoas consideravam esses empregos vergonhosos. Todos queriam ser banqueiros ou comerciantes. Por conseguinte, passado um tempo, os homens que haviam sobrevivido à guerra civil e obtido títulos e posições sociais viram-se atendendo ao chamado sedutor da emigração. No seu lugar chegaram os imigrantes e os trabalhadores sírios e sudaneses.

Um dia Maya e eu voltávamos da universidade para casa quando nos deparamos com um rapaz baixo, atarracado, bronzeado. Vestido com roupas esfarrapadas e manchadas de tinta, muito provavelmente era um operário que trabalhava na construção de um prédio das cercanias. Estava encostado contra a parede e notei que nos espiava. O que não me preocupou nem um pouco. Se soubesse o que aconteceria depois, eu teria agarrado Maya e continuado na direção oposta. Mas isso era Beirute, sempre cheia de surpresas, sempre ferindo você quando menos se espera.

Maya, que estava um pouco deprimida por causa de um rompimento recente, comentava como era cada vez mais difícil encontrar homens em Beirute. Estava praticamente marchando, e a mochila sacudindo de um lado para outro. Sua voz fraquejou. Ela fez um grande esforço para não chorar.

— Sabe, Zena, eu não aguento mais. Você acredita que ele disse que ele e os amigos eram um pacote? E eu com isso? Os amigos dele são todos viciados em drogas. Por que eu tenho de sair com aqueles infelizes fodidos de merda? Eu quero só ele. Por que ele não enxerga que os caras são todos uns babacas? Você acha que ele também é drogado?

— Maya, você não deve ficar chateada porque não transigiu com aquilo em que acredita. Deveria se sentir orgulhosa de si mesma.

Troquei de mão o portfólio pesado para poder caminhar mais perto dela.

— Sei lá. Isso não tem a menor importância. É que eu me sinto tão humilhada.

Ela olhou para o chão e tentou conter as lágrimas. Para Maya não havia nada pior do que chorar em público. Caminhamos em silêncio durante alguns minutos.

— Que importância tem esse sujeitinho? — comentei com um sorriso afetuoso. — Você ainda vai conhecer alguém que a tratará como uma rainha. Eu sei que vai.

Eu ia me virar para abraçá-la quando, de repente, senti algo quente e duro entre as pernas.

Era uma mão. Gritei, mas ela continuou ali.

Maya começou a dar pontapés no cara, mas ele a empurrou para longe. Ele era muito jovem. Como podia ser tão forte?

— *Yeslamli hal kess*, sua boceta é muito doce — disse ele praticamente cuspindo no meu ouvido. Ele fedia a suor e poeira. Tinha um cheiro azedo.

Gritando e chorando, joguei meu portfólio em cima dele. Sua mão continuava lá. Ele me agarrava com muita força. Eu sentia seus dedos tentando me penetrar. Tudo aconteceu muito rápido. Ele pressionava o dedo polegar com toda força contra meu osso púbico. Dei um empurrão nele. Ele não me largou. Doía demais.

E então, assim como começara, tudo parou de repente. Ouvi o som surdo de um estalo. Maya o havia agarrado pelo colarinho e o jogara contra a parede. Ele bateu em cheio com a cabeça. A camisa ficou toda rasgada.

Ele se pôs em pé e saiu correndo. Havia manchas de sangue na parede. Maya segurava na mão o colarinho da camisa.

Caí no chão. Caí nos braços de Maya. Minha blusa estava rasgada. Minhas obras de arte espalhadas pela rua. Os táxis buzinavam. Minhas obras de arte, vítimas do trânsito de Beirute. Eu ardia entre as pernas. Tudo latejava dolorosamente. Eu estava com medo de olhar para baixo. Achava que ele havia arrancado minhas partes íntimas e fugido com elas.

– Merda! – gritei. – Merda! Merda! Vai à merda!

Eu quase não conseguia respirar. Ofegava e gritava. Comecei a perceber a realidade do que acabara de acontecer. Sentia-me muito infeliz. Ali no chão. Ao lado de uma lata de lixo verde enferrujada. Em uma esquina da imunda Beirute. Estava muito envergonhada. Sentia-me traída por Beirute. Como era possível que ela tivesse me mandado alguém como ele?

– Zena, você está bem? Eu sinto muito. Você está bem? Está bem?

– Não. Não. Não.

Fiz um esforço para me levantar. Meus joelhos tremiam. Eu me sentia como se tivesse sido violentada um milhão de vezes.

– Eu mato ele! Eu vou matar você! – gritei, tentando correr atrás dele.

Maya me ajudou a ficar em pé, ignoramos o portfólio no chão e começamos a correr. Ela agarrou minha mão e me puxou. Maya sempre corria mais rápido do que eu.

– Vamos atrás dele. Vamos matar aquele filho da puta.

Ela ainda segurava na mão o colarinho da camisa.

Corremos. E corremos. Corremos por toda Beirute. Corremos pelos bairros das milícias. Paredes azuis para um partido. Divisas verdes para outro. Bandeirolas amarelas para um terceiro. Sem parar de gritar, corremos pela rua Hamra. Todos olharam. Ninguém perguntou nada. Talvez cenas como aquela tivessem se tornado comuns por ali. Corremos até o mar. Lembrei--me de algo que acontecera havia uma semana. Eu estava em um bar tomando um drinque com um amigo quando o casal sentado ao nosso lado começou a brigar de repente. Não faço a menor ideia de como a briga começou, mas a mulher desandou a gritar histericamente. No meio do bar. Ninguém disse uma palavra. Ninguém se levantou para perguntar se ela precisava de alguma coisa. Então ele bateu nela. Deu um soco bem no meio do seu nariz. Ela sangrava e gritava, mas ninguém levantou da cadeira. Nem eu. Isso é Beirute. É uma festa do Chapeleiro Maluco.

Nunca o encontramos.

Desistimos e nos sentamos no meio-fio do calçadão Corniche, de frente para o mar. No horário de pico os carros nos cobriam de poeira, doidos para chegar em casa. Não ligamos. Eu estava tonta, quase em transe, ofegante de tanto chorar e correr. As lágrimas deixavam marcas no meu rosto. Maya estava sentada ao meu lado. Não tentou me levantar. Continuamos sentadas. Em silêncio. No meio do trânsito. Eu ainda latejava entre as pernas.

– Zena? Maya? O que estão fazendo aqui?

Olhamos para cima. Era Firas, de carro. Havíamos rompido há dois meses. Ele desistira. Eu era demais para ele. Emocional demais. Ele me enganava.

Era só isso que Beirute conseguia jogar no meu colo?

Eu quis lhe dizer para ir embora, que nada me faria entrar no carro. Porém, às vezes, precisamos passar por um pouco mais de humilhação antes de podermos recuperar as forças. Entramos. Ele nos levou para casa. Em silêncio. Não precisamos contar o que acontecera. Ele sentiu que era algo importante. Não fez perguntas. Apenas nos deixou ficar sentadas no carro. Em silêncio.

Firas, muito obrigada por não ter perguntado nada naquele dia.

7

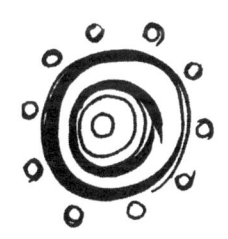

Em 2000, os israelenses se retiraram depois de ocupar o sul do Líbano durante 22 anos.
Por causa da ocupação, até 2000, eu passara toda minha vida sem jamais pôr os pés em Hasbaya, a aldeia dos meus ancestrais. A aldeia onde meu avô Mohammad e meu pai cresceram.

Meu avô Mohammad construiu nossa casa em Hasbaya no topo de uma colina. Era uma casa de dois andares em estilo tipicamente libanês, com fachada revestida de pedra recortada em quadrados e teto coberto de telhas vermelhas. A cozinha, a sala de jantar e a sala de estar ficavam no andar térreo. O segundo andar dividia-se em três quartos: um para Mohammad e sua mulher, outro para as duas filhas e o terceiro para os seis filhos. Quando converso com meu pai hoje, suas lembranças mais queridas sempre o transportam para os verões passados em Hasbaya. Ele conta que ali aprendeu a ser homem. Hasbaya ensinou meu pai a ser forte e corajoso. Hasbaya ensinou-o a defender sua fé e suas crenças. Foi lá que ele forjou o elo com seus irmãos e descobriu a importância dos valores da família. Foi durante aqueles longos dia, quentes e secos que sua resistência e seu vigor foram testados. Contudo – e o mais importante –, foi ali que ele passou noites sonhadoras debaixo do carvalho majestoso ouvindo Baba Sami, o irmão de vovô Mohammad, contar histórias sobre os valorosos guerreiros drusos do passado. Meu pai se definiu ouvindo essas histórias.

No início dos anos 1970, vovô Mohammad começou a construir uma casa nova, mais moderna, em frente à antiga. Sua família estava aumentando e ele tencionava transferir o imóvel para os filhos depois que terminasse de construí-la. O conjunto de apartamentos era de concreto e tinha três andares. Vovô Mohammad imaginava orgulhoso todos os seus filhos e suas futuras famílias morando no mesmo prédio. Sua família era tudo para ele. Depois de passar anos trabalhando no México e na África, ele acreditava ter finalmente adquirido o direito de parar e acompanhar o crescimento da sua família.

A guerra explodiu no Líbano no final daquela década. Com a esperança de retornar ao seu país, a OLP (Organização para a Libertação da Palestina) travava sua guerra de guerrilhas contra Israel no sul do Líbano. A OLP se instalou na nossa casa durante algum tempo. Algumas semanas depois, os jatos israelenses a bombardearam. A OLP mudou-se para outro local.

Determinado a oferecer para a família a casa dos seus sonhos, meu avô começou a reconstruí-la. Ele mesmo misturou o concreto e ergueu o esqueleto do prédio pela segunda vez. Era o ano de 1982. O exército israelense assumiu oficialmente o controle de toda a região do sul do Líbano e o projeto de construção do meu avô foi novamente interrompido. Os ocupantes decidiram que nossa pequena aldeia, tão pitoresca, era um ponto militar estratégico. Por conseguinte, mudaram-se para lá e a ocuparam. Sua bandeira azul e branca foi erguida no topo da nossa casa, que passou a ser o quartel-general mais importante daquela área. Da colina tinha-se uma visão perfeita, de 360 graus, de toda a região.

Por causa da ocupação, meu avô nunca mais conseguiu voltar para terminar a casa dos seus sonhos. Vovô Mohammad faleceu em 1993. Outros sete anos se passariam até o exército israelense desocupar a nossa casa. Os ocupantes terminaram de construir a casa que vovô começara. Mas em vez de oferecer quartos para uma família que crescia, eles construíram salas de interrogatório, celas, quartos para tortura e, é claro, escritórios burocráticos. Bem ao lado do nosso carvalho. Bem em cima do mesmo prédio que haviam explodido há apenas alguns anos.

Debaixo do nosso carvalho eles construíram uma casamata, onde dormiam. O teto dessa fortificação era de concreto reforçado e tinha cerca de dois metros de altura. Nada conseguia penetrá-lo. Era o lugar mais seguro do sul do Líbano.

Eu sei tudo isso porque no dia seguinte à retirada dos israelenses do sul do Líbano minha família inteira foi de carro ver nossa casa: primos, tias e tios. Há quase vinte anos nenhum el Khalil pisava naquela terra. Todos tentavam conter as lágrimas. Afinal, era um dia de alegria. Era o dia 25 de maio de 2000, que ficou conhecido no Líbano como o Dia da Libertação.

Quase não conseguíamos acreditar que estávamos ali. No início, meu pai e meus tios nem reconheceram o terreno. Até seu amado carvalho estava disfarçado por aquela casamata horrorosa.

Silêncio.

Havia muito silêncio.

Solenes, descemos dos carros e cada um começou a caminhar em uma direção diferente. Meu pai foi direto para a antiga casa. Meu irmão e eu decidimos explorar aquela enorme construção de concreto. Não sabíamos que era relativamente nova.

Acho que foi bom vovô Mohammad não estar vivo para ver aquilo.

Nadim e eu caminhamos até a fortificação. Fiquei parada na entrada durante alguns minutos. Ainda não estava preparada para entrar. Esperei até meus olhos se ajustarem à semiescuridão e olhei ao redor. A entrada estava escura e úmida. E completamente vazia. As paredes eram de um cinza amarelado e estavam muito manchadas de sujeira e provavelmente fumaça de cigarros. Bem na minha frente havia uma janela pequena, a única fonte de luz. Abri um pouco mais a porta para deixar entrar mais claridade.

Nada. Completamente abandonada.

O chão estava imundo, cheio de pegadas marrons. Parecia que quem fora embora dali estava muito apressado. Segurei a mão de Nadim e entramos juntos, como se tivéssemos doze anos novamente. Uma vez lá dentro, dobramos à direita, na direção da escada. Olhei para Nadim. Ele estava visivelmente preocupado, mas a curiosidade, mais forte do que o medo, nos conduziu até a escada. Nossos passos eram lentos e cautelosos. Eu me perguntava o tempo todo se na escada não haveria explosivos ou armadilhas. Era muito difícil enxergar qualquer coisa. Felizmente nada explodiu e chegamos ao topo da escada, no outro andar. A função desse andar se tornou evidente quando nos deparamos com uma fileira de barras de metal.

Eram celas para prisioneiros.

Eu estava quase esmagando a mão de Nadim. Aproximamo-nos das barras. Um fedor insuportável enchia o espaço. No início fiquei preocupada: achei que talvez fosse cheiro de um cadáver. Eu estava morrendo de medo. Nadim me pediu calma e apontou para as manchas escuras no chão da cela.

– Olhe, Zena, é só cocô. O chão inteiro está coberto de fezes. Eles nem deram latrinas para os prisioneiros, que eram obrigados a cagar no chão.

Meu estômago deu uma reviravolta. Cobri a boca com a mão para não vomitar.

– Desculpe, Nemo – disse eu chamando-o pelo apelido. – Preciso sair daqui. Vou vomitar.

Soltei sua mão e desci correndo pela escada e para fora da casamata. Era demais, e eu não tinha a menor intenção de explorar o terceiro andar.

Lá fora, encontrei o resto da família reunida em volta do carvalho. Eles estavam furiosos a respeito de algo. Corri até lá para saber o que estava acontecendo.

– E como vamos nos livrar dessa maldita casamata? O prédio é fácil... é só derrubá-lo. Mas essa casamata... vamos ter de usar explosivos. O teto é forte demais. E se usarmos explosivos machucaremos a árvore. E não vamos machucar essa árvore por nada deste mundo. O que vamos fazer?

Nesse momento Nadim saiu da fortificação e fez sinal para que eu o seguisse. Caminhamos até os fundos, onde vi Lana e Seif, meu irmão caçula, chegando ao topo do que parecia o esconderijo de um atirador munido de fuzil com mira telescópica.

– Do terceiro andar – disse Nadim dirigindo-se a Lana e Seif – eu contei doze esconderijos desses. Eles estão em volta de toda a casa.

– Zena, Zena, vem ver isso... é tão engraçado. – Seif apontou para as paredes de concreto do esconderijo. Todas estavam cobertas de rabiscos e desenhos.

Intrigada, aproximei-me para ver melhor. Horrorizada e surpresa, descobri que conseguia ler os rabiscos. Era uma declaração em inglês.

— Ouçam esse aqui — disse Seif, lendo-o em voz alta. — "As dez coisas mais importantes que eu quero fazer quando voltar para casa."

Aproximei-me dele e li:

Fazer sexo sem pagar.
Nunca mais usar as cores cáqui e verde.
Ver um jogo de futebol.
Comer a comida da mamãe.
Tomar um banho de chuveiro quente.
Sair e beber com os amigos.

Eu sempre quis saber sobre essas histórias de crianças judias amreekans que voavam para Israel de graça. Sobre os "Programas para a Juventude" criados para que elas "descobrissem suas raízes". Sobre como as levavam para um kibutz hippie, uma espécie de acampamento de verão, onde elas se sentavam em volta de fogueiras e cantavam canções em hebraico que falavam de Israel. Um Israel que elas nem conheciam. Um Israel sem palestinos. Todos eram estudantes, crianças e adolescentes, com os hormônios a mil. Eles queriam acreditar. Ajustar-se. Para que voltar para a Amreeka quando podiam ter o clima do Mediterrâneo, frutas cítricas, oliveiras e as "Semitas Sexies" de Amoula? Para que voltar quando podiam ficar e lutar pela pátria que haviam imaginado? Eles acabaram conhecendo outros iguais a eles, apaixonando-se. Ficaram. Alistaram-se no exército, ato obrigatório tanto para os rapazes quanto para as moças. Lutaram. Lutaram por um país que nunca chegariam a conhecer realmente, porque desde o primeiro instante em que pisaram no seu solo não reconheceram nem vivenciaram sua verdadeira cultura. Porque a partir do momento que foram obrigados a visitar aquela Terra Santa foram condicionados a ter uma ideia falsa da realidade. Prometeram-lhes a cidadania instantânea. E na realidade quem podia culpá-los? O sistema criado para erradicar os palestinos foi elaborado de maneira excepcional. Eu não culpo aqueles estudantes. Eles nunca tiveram uma chance.

Olhei para Seif. Ele passava o dedo por cima dos rabiscos e parecia confuso, raivoso e desapontado ao mesmo tempo. Por um instante pensei em continuar a conversa e explicar o conceito de um sistema de *apartheid*, mas decidi não fazê-lo. Ele já devia se sentir péssimo o suficiente.

— Vamos pessoal —, chamei-os. — Vamos dar uma olhada na casamata debaixo da árvore.

Quando chegamos lá, vi que os membros mais velhos da família estavam no andar onde ficavam as celas dos prisioneiros. Eu quis gritar e avisar para não entrarem, mas era importante que vissem com seus próprios olhos. Era o tipo de conclusão repulsiva que precisava acontecer. Abaixei a cabeça e continuei caminhando até lá.

Vi um pedaço de papel no chão da entrada. Agachei-me e tentei ler o que estava escrito. Para minha surpresa era um desenho. Um desenho a lápis de dois bonecos. Um era uma menina de cabelo louro cacheado. O outro, um homem alto de bigode. Estavam de mãos dadas. Embaixo deles estava escrito: *"Volte logo para casa papai"*. Outra vez em inglês. Perguntei-me quem seriam esses soldados realmente. Era como se eu estivesse vivendo uma realidade doentia e deformada. Será que a Amreeka havia realmente estendido seus tentáculos até tão longe? Afinal, quem eram essas pessoas que se denominavam israelenses? Por que haviam estado na minha casa? O que diabos seria capaz de convencer um homem a abandonar sua filha pequena, vir para cá e ocupar a minha casa? A realidade da situação desabou sobre mim. Um exército havia sido apoiado pela maior superpotência do planeta. Apoderara-se da minha casa. Apoderara-se da casa do meu pai. Pilhara o trabalho e o suor dos sonhos do meu avô. Chegara. Ocupara. Aproveitara-se dos vizinhos. Partira nosso coração. Gerara medo e rancor. Desrespeitara a terra que lhes dá tanto. Invadira nossa mente e fomentara o medo e o ódio. Viera. Ocupara. Sentara-se. Cagara. Cagara por toda a casa do meu avô.

Dobrei o pedaço de papel e enfiei-o no bolso.

Como prova.

Voltei à realidade, levantei-me e penetrei lentamente no interior. As camas estavam bem na minha frente. Contei 23. À direita havia uma pequena cozinha. Não foi muito fácil entender o que vi em seguida. Não se parecia com nada do que eu vivenciara até então.

A mesa estava posta para o almoço. Havia tigelas cheias de salada. Fatias de pão. Garrafas de água. Travessas com tomates e cebolas. E uma travessa maior de arroz com lentilhas e cebolas fritas, ou *m'jadara*, levemente queimadas. Eu me sentia como Branca de Neve entrando na Casa dos Sete Anões. É isso aí, pensei comigo mesma, primeiro tentam roubar nosso falafel, afirmando que foram eles que o inventaram, e agora querem nosso arroz com lentilhas também. Aproximei-me da mesa e olhei para a comida. Eles a preparavam da mesma maneira que nós. Perguntei-me se o cozinheiro não seria alguém da aldeia. Muito provavelmente, é ou não é?

Na ponta da mesa havia três garrafas grandes de Coca-Cola. Com a marca registrada escrita em hebraico. Era surreal ver um produto com algo escrito em hebraico no Líbano. Surreal, porém, não é inacreditável. Naquela época a

BEIRUTE, EU TE AMO:
UM RELATO

Coca-Cola ainda era proibida devido à sua contribuição e ao apoio ao Estado Sionista. Achei engraçado não beberem nossa Pepsi local. Talvez fosse um jeito de manifestar sua posição. De alguma forma, eles se sentiam mais perto de casa bebendo Coca-Cola. Era uma declaração nacionalista. É espantoso como até os bens de consumo conseguem demonstrar uma posição política no Líbano.

Assim que a decisão da retirada das tropas do Líbano foi anunciada, 22 anos de ocupação israelense foram desmantelados em apenas 48 horas. Eles carregaram consigo todas as provas materiais, desde as mesas até a documentação e os prisioneiros trancafiados nas celas. Imaginei que quando os soldados que ocupavam nossa casa receberam o aviso eles iam se sentar à mesa para almoçar. O quadro era estranhíssimo. Até os copos continuavam cheios de água. Não tinham tido tempo sequer para beber um gole.

Lembro-me de ter pensado no rapaz que queria trepar de graça. Talvez isso estivesse acontecendo naquele instante. Perguntei-me de onde eles seriam. Amreeka ou Israel? Lembro-me de ter pensado nos presos nas celas. Agora estavam aprisionados em outro lugar. Mas quem eram eles? Libaneses ou palestinos? Onde estavam agora? Em Israel ou na Amreeka? Veriam sua família novamente? Mas, e em primeiro lugar, o que haviam feito para serem trancafiados naquelas celas? Aqui pelo menos eram prisioneiros no seu próprio país. Agora pertenciam a outro sistema, a outro lugar, não tinham direitos e estavam impossibilitados de voltar para casa.

Quando saí, minha família se reunira novamente debaixo do carvalho. No meio deles havia um homem estranho e todos gritavam com ele.

– Você? Você construiu aquilo? Eu não acredito. Nossas famílias se conhecem há anos. E você vai e constrói aquela monstruosidade para nossos inimigos? Aqui? No nosso solo sagrado? Que vergonha!

– Eu nao tive culpa. Se não fizesse o que queriam, eles teriam me matado – lastimou o homem.

O homem morava em uma aldeia vizinha. Durante a ocupação, muitos libaneses foram forçados a trabalhar para os soldados israelenses. Grande parte do trabalho consistia em trabalho manual, mas alguns também foram convocados para servir no Exército do Sul do Líbano. Esse exército, chamado *Lahed*, em árabe, era o representante do exército israelense naquela região. No dia em que a ocupação foi desmantelada, os soldados do Hezbollah, que atuavam como agentes duplos, se infiltraram no Comando Central do Lahed e o convenceu a deixar de servir ao exército israelense. O Hezbollah prometeu que não haveria nenhuma retaliação contra o Lahed. Que eles não seriam considerados responsáveis porque nada é perfeito durante uma ocupação. No dia 22 de maio de 2000, o Comando Central do Lahed abandonou as armas e retirou-se para as terras controladas pelos libaneses. A partir daquele momento, abriu-se um corredor enorme adjacente à fronteira com Israel. O exército israelense se apavorou e no espaço de dois dias todos os indícios da sua presença desapareceram, com exceção das armas deixadas para trás. As armas foram deixadas de propósito. Os israelenses esperavam que, temendo uma retaliação, os soldados da região, ou o Lahed, recolheriam as armas para se proteger contra o Hezbollah e fomentariam uma nova guerra civil. O que eles não sabiam é que o Hezbollah realmente mantivera a palavra dada de não iniciar uma guerra de retaliação. Eles recolheram todas as armas e as entregaram ao exército libanês oficial. Os soldados do exército do Lahed foram apenas punidos com uma pena de seis meses de prisão. Uma sentença pequena e simbólica. Os membros do Hezbollah foram considerados os novos heróis do Líbano. Os heróis que haviam libertado o Líbano da ocupação israelense. E a guerra civil nunca aconteceu. E o dia 25 de maio, o Dia da Libertação, passou a ser feriado nacional.

O homem que construíra a casamata debaixo do nosso carvalho não era soldado do Lahed, mas um dos muitos civis, uma das vítimas da ocupação israelense. Ele havia sido ameaçado: ou construía a fortificação ou sua família seria massacrada. Ele a construiu. Nada é perfeito.

— Se isso servir de consolo, eu a construí de um jeito muito especial. Eu sabia o quanto a sua família amava essa árvore. Eu me lembrava disso o tempo todo enquanto derramava o concreto. Eu sei como derrubá-la. Nem será necessário usar explosivos. Confiem em mim — garantiu ele.

Demorou um ano até minha família conseguir começar a demolição das estruturas construídas na sua terra. Durante a ocupação, o exército israelense espalhara minas em torno da nossa colina para impedir que os soldados do Hezbollah atacassem aquele posto avançado. O exército libanês levou um ano para desarmar e eliminar todas as minas. Até que um dia finalmente tudo desapareceu: a ocupação, as minas, o prédio cagado dos prisioneiros, os abrigos para os atiradores impiedosos, as armas e, é claro, a casamata.

E para a minha grande felicidade, informo que a nossa árvore continua viva e passando muito bem.

O primeiro rapaz com quem tive relações sexuais me enganou oito meses depois.
Com sua prima.
Era o ano de 1995. Eu completara dezoito anos e decidira que havia chegado a hora de me tornar mulher. Eu acabara de me mudar para o Líbano e descobrira que, quando se tratava das expectativas locais em relação a ser mulher, eu não conseguia me assimilar à cultura. Eu sempre fora um pouco moleca por natureza. Crescera na Nigéria, onde costumava praticar caratê. Até ganhara algumas medalhas nas competições regionais. E depois havia toda aquela aversão a essa coisa de seios.

Meu novo meio ambiente social em Beirute exigia que eu fosse mais feminina. Que as moças se parecessem com moças e os rapazes, com rapazes. Que eu fosse ao cabeleireiro uma vez por semana para dar um jeito no meu cabelo. Que enfeitasse minhas unhas com um esmalte brilhante. Que falasse baixo e desse risadinhas frequentes. Que usasse roupas coladas no corpo e pavoneasse meus quadris de mulher parideira. Ninguém sabia como lidar com a minha personalidade de moleca. Minha tia suspirava cada vez que eu entrava em casa com as sandálias imundas. Minha avó dava de ombros quando me via naquelas calças jeans com as barras desfiadas. E meus primos tinham certeza absoluta de que eu era um caso perdido e de que ninguém se casaria comigo. Como um homem haveria de querer se casar com uma mulher que só usava camisetas grandes e folgadas?

Cheguei à conclusão de que seria muito mais fácil pular todas as sessões de manicure, as experiências no cabeleireiro e os excessos das minissaias, que de qualquer forma estavam destinadas a não funcionar comigo, e ir direto ao ponto. Transar com um homem me transformaria em mulher instantaneamente.

Contudo, meus motivos não eram apenas práticos. De certo modo eu realmente acreditava que me casaria com aquele rapaz. Era meu primeiro namorado. Meu primeiro amor de verdade. E, com o passar do tempo, meu primeiro amante.

Conhecemo-nos durante meus primeiros dias na universidade. Alguns meses depois, no terraço do meu apartamento, eu disse que queria que ele fizesse sexo comigo. Algumas semanas depois, aconteceu. Acendi velas para tornar o momento especial. Coloquei meu CD favorito. Naquela época era a trilha sonora do filme *Assassinos por natureza*. A letra da canção que tocou durante a primeira penetração dizia mais ou menos o seguinte: "O único que conseguiu se comunicar comigo foi o filho de um pastor"*.

Doeu. E eu chorei.

Mas agora eu era mulher, e nada mais importava.

O sexo com Bilal foi uma grande farsa, pois nunca me dava prazer. Acho que nenhum de nós sabia como fazer funcionar minhas partes íntimas. Éramos jovens. Não o culpo. Eu sempre fingia que sentia prazer porque era tímida demais para admitir que a única coisa que sentia era dor. Eu queria ser como aquelas mulheres na TV. Queria que o sexo fosse barulhento, suado, sem esforço.

---

* Em inglês, "the only one who could ever reach me, was a sweet-talkin' son of a preacher man". (N. T.)

Os meses seguintes foram repletos de um sexo monótono, inseguranças e infecções de candidíase genital. Não chegava nem perto do que eu esperava. Era primavera.

No verão, ele encontrou uma prima que não via havia séculos e transou com ela. No início, eu o perdoei porque ele jurou que ambos estavam bêbados. Mas depois ele contou que repetiram tudo de manhã.

Foi então que eu vomitei.

E ainda vomito. Eu não conseguia terminar o relacionamento. Era tão jovem e cheia de fé. Acreditava que conseguiríamos atravessar essa fase, que conseguiríamos atravessar qualquer coisa.

Dois meses depois descobri que ele me enganara novamente. Eu me ausentara de Beirute para passar alguns dias na Nigéria. Havíamos combinado que ele me apanharia no aeroporto na volta. Desci do avião me sentindo adulta. Como uma mulher que ia se encontrar com o amante que já não via havia muitos anos. Enquanto esperava as malas, observei os outros passageiros, imaginando se podiam adivinhar se eu era virgem ou não. Eu planejara que, enquanto me dirigia para o setor da recepção, meus olhos encontrariam com os de Bilal, eu jogaria as malas no chão, me atiraria nos seus braços e o beijaria loucamente. Talvez caíssemos juntos no chão e faríamos uma cena de verdade.

Não havia braços para eu me atirar.

Peguei um táxi e larguei as malas em casa. Depois fui a pé até o apartamento dele. Deviam ser umas oito horas da manhã. Toquei a campainha. Uma vez. Duas vezes. Até ouvir pés que se arrastavam.

Ele abriu. Estava só de cueca. Ainda meio adormecido, não me reconheceu imediatamente.

— Oi, Bilal.

— Zena? O que está fazendo aqui?

— Acabo de chegar do aeroporto. Você ia me buscar, esqueceu?

— É verdade! Peço mil desculpas.

— Posso entrar? Senti tanto sua falta.

Quando me aproximei para beijá-lo vi as marcas vermelhas e marrons no seu pescoço.

— O que é isso no seu pescoço?

— Oh, isso... não é nada. Eu estava brincando com os rapazes e um deles me deu um tapa no pescoço. A gente só estava lutando de brincadeira... são só umas contusões. E ainda por cima me cortei algumas vezes enquanto fazia a barba. Não se preocupe, não é nada.

Como é que eu ia saber que eram chupões? Era a primeira vez que eu via essas coisas.

Rompemos três dias depois.

O mais triste era que continuava disposta a dar outra oportunidade para ele.

Por outro lado, não posso deixar de dizer que se não fosse por essa experiência talvez nunca tivesse conhecido Maya tão bem. Até então, ela era uma boa amiga, que eu amava e em quem confiava, porém sempre com certo distanciamento. Eu conheci Bilal assim que me mudei para Beirute, e nosso intenso romance tornou quase impossível que me aproximasse de qualquer outra pessoa. Sempre soubera que Maya e eu estávamos destinadas a sermos grandes amigas, mas a oportunidade ainda não surgira.

Foi esse desastre que selou nossa amizade para sempre.

Até romper o relacionamento, eu não contara para ninguém que perdera minha virgindade. Como naquela época os encontros sexuais eram tabus, havíamos mantido os nossos em segredo para toda Beirute. Além disso, e apesar de ele ter seu próprio apartamento, praticamente morava comigo havia vários meses. Duas pessoas solteiras não podiam morar juntas no Líbano; era ilegal. Mas nós tínhamos apenas dezenove anos. Eu queria quebrar todas as regras.

Maya recebeu meu relato muito bem. Fez perguntas específicas sobre tudo, desde o sexo até o rompimento. Marcou uma consulta médica para mim e frisou que eu devia fazer regularmente um *checkup* e o exame de Papanicolau. Ela me deu força para que me curasse espiritualmente. Fazíamos exercícios e nos alimentávamos de modo saudável. Conversávamos sobre os homens e Beirute durante horas.

Fiquei totalmente curada.

Muito obrigada, Maya.

Durante meus primeiros anos em Beirute, estive em guerra com o *tabbal* noturno que tocava durante o Ramadã. Ele caminhava e batia seu tambor pela minha rua todas as noites para que acordássemos e comêssemos pela última vez antes do nascer do sol. Todas as noites eu jogava um sapato em cima dele e gritava que não era muçulmana nem jejuava. Ele ria e continuava batendo seu tambor.

Hoje, quando me lembro dessa época, me dou conta de que poderia ter tido problemas sérios, porém há algo de bom quando se é meio maluquete em Beirute. É um modo de viver praticado apenas nessa cidade. E todos sabem que aqueles que moram aqui têm de se aguentar uns aos outros. De vez em quando, e em vários níveis, todos nós precisamos colocar nossa máscara de maluquete.

Talvez seja assim que sobrevivemos. Eu adoro ser assim. Beirute representa a liberdade total e absoluta. Beirute é a imaginação sem censura. Tudo aquilo que a pessoa desejar que aconteça, acontecerá. Soltar-se no seu frenesi é a felicidade absoluta, assim como o segundo orgasmo é sempre melhor que o primeiro.

As leis não eram rigorosas naquela época. As pessoas acabavam de sair de décadas de guerra civil e tudo o que queriam era se divertir. Transformávamos nossas roupas guardadas nos armários bolorentos em vestimentas elaboradas. Pintávamos nossos carros de cores engraçadas. Fumávamos, bebíamos e cheirávamos tudo o que encontrávamos pela frente. Escrevíamos poesias. Pulávamos as cercas de casas abandonadas e bebíamos vodca debaixo das estrelas. Parávamos os carros na Corniche e nos bolinávamos até os vidros ficarem embaçados e a polícia bater neles pedindo nossos documentos. Não ligávamos quando éramos interrogados nem quando nos davam uns tabefes: nossa nova lei e nossa nova ordem eram o amor, o sexo, as drogas e o álcool. Eles substituíram a violência sectária, o controle das milícias, os rastros vermelhos deixados no céu pelos projéteis traçadores, os pontos de controle, a extorsão.

Era uma festa de arromba gigantesca que de certo modo perdura até hoje. Era uma celebração louca, e a razão por que a chamamos de loucura é porque, de uma forma ou de outra, a guerra não terminara de fato. Ainda havia bombardeios e assassinatos. Porém nós fingíamos não ver, porque tecnicamente algum tipo de tratado de paz havia sido assinado em um pedaço de papel. O que significava que agora podíamos circular à vontade em Beirute, sem medo de levarmos um tiro de um atirador munido de fuzil com mira telescópica, de sermos explodidos por uma bomba colocada em um carro ou de sermos sequestrados por causa da nossa condição social ou religiosa. Agora nós éramos os melhores amigos de Beirute e dos nossos irmãos e irmãs que há apenas um ano apontavam sua arma para a nossa cara.

E quem podia nos culpar? Nós merecíamos uma oportunidade de respirar apesar dos anos de guerra civil, da intervenção e ocupação estrangeiras, dos assassinatos em massa, dos genocídios e de uma existência básica dos infer-

BEIRUTE, EU TE AMO: UM RELATO

nos. Apesar de tudo, Beirute conseguira manter sua beleza e dignidade, e nós queríamos festejá-la. Apesar dos anos de violência, agora podíamos caminhar de noite pelas ruas sem nenhum receio de sermos assaltados. As contravenções não existiam mais – as pessoas estavam cansadas delas. Beirute ainda tinha suas auroras que explodiam por cima das montanhas e seus poentes maravilhosos que mergulhavam no mar. Tinha suas lojas familiares, onde um papai e uma mamãe sempre forneciam seus serviços com amor e atenção. E tinha a tranquilidade e o silêncio que evocam a vida em uma aldeia pitoresca.

Estar apaixonada em Beirute:

Uma lista das coisas que eu amo (sem nenhuma ordem especial):

- ver o show de Sting em Baalbek (o antigo templo romano da cidade de Heliópolis, a Cidade do Sol e o baluarte do Hezbollah no Vale de Bekaa), beber uísque pelo gargalo com mamãe, papai, Lana e Seif
- as câimbras na minha perna em Hasbaya, que me obrigaram a sentar e apreciar a beleza das montanhas ao meu redor e fizeram um rapaz encantador ajoelhar-se e me ajudar a esticar a perna para eliminar a câimbra
- ouvir jazz debaixo das estrelas na antiga cidade portuária de Biblos e, enquanto eu estava sentada sob 7 mil anos de civilização, sentir como o jazz soava realmente bom naquela noite
- o dia em que minha mãe conheceu a mãe de Maya e Maya e eu usávamos nossas botinhas Doc Martins, e como nossas mães se queixavam, enquanto tomavam café, de que suas filhas deviam tentar ser mais femininas, e a mãe de Maya dá de ombros em desespero
- ouvir Ziad Rahbani cantar e tocar ao vivo, e entregar para ele a carta de Iyad
- comer um *manouche*, aquele salgadinho de queijo derretido, às seis da manhã depois de ter passado a noite toda bebendo, dançando, dirigindo a toda velocidade com a capota abaixada, ouvindo (em silêncio) o rap de Rayess Bek sobre Beirute, e me sentindo invencível
- dançar no restaurante Walimet Warde ao som de música árabe tradicional ao vivo, beber litros de Arak, ver o líquido transparente embranquecer enquanto adiciono água

- nadar, nadar no nosso mar, em Sour e Batroun, nadar de noite, prender a respiração debaixo da água até não aguentar mais
- passear na Corniche, acompanhar a cor púrpura que começa a espreitar por cima das montanhas enquanto surge o sol
- comer um sanduíche de batatas fritas no restaurante King of Fries na rua Hamra, com picles e ketchup e sem maionese
- beber vodca pura, em qualquer lugar
- andar descalça na areia, nas lajotas quentes, na terra, em uma floresta, na água, na lama, no sul do Líbano
- música, ouvir música bem alto, em geral hip hop árabe, os clássicos árabes e, às vezes, até música popular árabe ·
- tomar vinho, sozinha, com um namorado, na praia, no meu terraço, na Corniche
- paixão
- Tapi
- acampar
- minha família
- rir, risos
- uma boa ideia
- um eu te amo
- esfregarem minhas costas, coçarem minhas costas
- ter um orgasmo sem esforço ou suar muito antes
- o vento no meu cabelo
- a lua, imensa e forte, amarela
- as minhas sandálias fedorentas e gastas de tanto caminhar por Beirute
- lamber a pele do meu namorado depois de passar um dia no mar Mediterrâneo
- sorvete de framboesa, sorvete de limão
- chá de sálvia no inverno, chuva, as primeiras chuvas em Beirute, cheiro de poeira
- brilho
- a cena do quase afogamento do filme *O piano*, porque eu usaria essa cena se tivesse de descrever Beirute em 30 segundos em um vídeo
- ouvir o som dos meus vizinhos através do teto e das paredes enquanto transam (fico feliz por eles estarem felizes)
- azeitonas verdes, chá e *labneh* no café da manhã e/ou no jantar

- as cadeiras de balanço das varandas de onde se vê toda a cidade de Beirute
- meu jardim, os conselhos de Um Tarek para cuidar das minhas flores, regar o jardim de noite, sentar no jardim de noite ou de manhã, verificar se tenho e-mail no jardim (uma conexão sem fio, muito legal)
- *batata harra* (batatas com chili) no restaurante Abu Hassan
- Pink Floyd enquanto dirijo, sento-me na varanda, revelo fotografias no laboratório, no escuro, na cama com os fones de ouvido
- a cantora e atriz Asmahan
- a manhã seguinte depois de uma bebedeira, sentindo-me como se tivesse renascido, como se tivessem me dado mais uma oportunidade de vida
- Iyad
- demais
- dançar ao som de músicas dos anos 1980
- discotecas
- *Born to Be Alive* de Boney M
- beijar
- beijar em Beirute, em segredo, em público, na Corniche, na rua, em casa, na cama, no supermercado, no carro, em uma ponte, perto da fronteira, no topo de uma montanha, no Palace Café, bêbada no Barometre, no meu carro ouvindo Billie, no meu carro ouvindo Nina.

Por outro lado, conheço algumas pessoas que levaram sua relação com Beirute longe demais.

Querido Firas,
Lembra daquela vez que você quase pulou da janela? Foi durante o solstício de inverno. Você ligou para mim e disse que estava sentado no peitoril da janela e que a vida não fazia mais sentido. Seu pai estava se divorciando da sua mãe e você não aguentava mais ver a humilhação que ela estava sofrendo. Anos depois ela morreu de tristeza. Ela nunca se recuperou. O estresse causa câncer.

Era inverno e você estava sentado no peitoril da janela. Peguei o carro e fui até sua casa dirigindo feito uma louca. Parecia um filme de Scorsese. As ruas de Beirute estavam molhadas da chuva. Os semáforos pareciam congelados em um vermelho permanente. Não que tivesse alguma importância, porque eu avancei todos. Não que tivesse alguma importância, porque não temos polícia de trânsito aqui. Não que tivesse alguma importância, porque antes de mais nada eu nunca entendi por que colocaram os semáforos. Será que tentavam enganar os turistas ocidentais que vinham visitar a cidade? Para que se sentissem seguros e incentivassem a vinda de mais turistas apenas porque tínhamos semáforos? Eu me lembro de quando eles não existiam. As coisas não mudaram muito desde então.

Enquanto dirigia para sua casa eu via aquelas luzes vermelhas e trágicas refletidas nas ruas molhadas. Parecia sangue. Seu sangue. O sangue de Canaã. Onde Jesus transformou a água em vinho. Onde os israelenses explodiram cerca de cem mulheres e crianças no que eles denominaram Operação Vinhas da Ira.

água
vinho
sangue
chuva
semáforos

Eu me lembro de como seus pés pareciam pequenos enquanto estava parada na frente do seu prédio. De ter pensado como você ficaria ridículo se morresse descalço e de calção. Eu não ia permitir que você morresse assim.

Não sei se o salvei naquela noite porque o amava ou se foi porque queria salvá-lo. A resposta veio muitos meses depois, quando você finalmente criou coragem e me deixou.

Você se cansara de ser amado.

Quando se trata dos homens desesperados de Beirute, me transformo em uma Mãe Teresa. Eu, que deveria ser selvagem e sem limites, me vejo confortando homens cronicamente perturbados. Eu, que deveria estar sempre jogando meus sapatos pela janela, me vejo consolando homens ansiosos e fracos. Eu, que deveria estar caminhando pela noite usando vestidos vermelhos e justos, me vejo embalando homens quase carecas que choram nos meus braços.

De fato, os homens são aqueles que merecem chorar nesta cidade. São eles que precisam aguentar toda essa pressão o tempo todo. Como você mostra que se tornou um homem aqui, sob o sol desse buraco negro que é o Oriente Médio? Como passar para o outro lado? O que é preciso fazer para provar que você merece ser chamado de homem? E se você não conseguir lutar? E se não conseguir usar todos os estratagemas para manipular os outros em proveito próprio? E se quiser apenas dançar?

Eu amo você. Eu sempre o amarei por não ter a coragem suficiente para me dizer que estava matando você. Certa vez você perguntou se eu passaria uma noite com você. E quando fiz isso, você chorou nos meus braços a noite inteira. Ficou na minha cama. Você me ajudou a jogar meus sapatos em cima do tocador de tambores da noite. Fez amor comigo durante o mês sagrado. Bebemos vinho. Recitamos poesias de Jalal al-Din Rumi e de Al-Mutanabbi. Eu fingi que era Scheherazade. Subimos para o terraço e olhamos o sol nascer. Bebemos mais vinho e juramos que sempre seríamos puros. Que faríamos sempre aquilo que nosso coração mandasse. Que caminharíamos pela corda bamba e nunca cairíamos. Que nem a guerra, nem as bombas, nem os vizinhos hostis jamais conseguiriam alquebrar nossa alma. Que o amor era rei e eu sua rainha. Que correríamos no meio das roupas molhadas penduradas na corda debaixo do sol do deserto. Que cada momento seria precioso. Que cada momento daria a luz a um novo instante. Que seria o que queríamos que fosse. Que não haveria mais aviões rompendo a barreira do som. Que não haveria mais assassinatos. Que não haveria mais restrições. Que não haveria nenhuma restrição ao amor. Que não haveria nenhuma religião, mas amor. Que dirigiríamos a toda velocidade e nunca bateríamos com o carro. Que beberíamos e nunca apagaríamos. Que as estrelas sempre nos guiariam. Que o som das preces da mesquita lá na rua seria o sinal para fazermos amor. Que teríamos orgasmos antes do final da chamada para a reza. Que viveríamos para sempre, como os milicianos martirizados desenhados nas paredes esburacadas de Beirute. Como gatos de rua que sempre encontram seus ossos de galinha. Como o mar, o azul infinito. Como seus olhos, eternos para sempre. Como o café amargo, sobre o qual eu jurei nunca escrever. Como a guerra... que não terminará jamais. Nós estávamos em guerra, você e eu. Éramos nós contra a realidade. Era nossa loucura contra as noites cobertas de véus pretos. Eram nossos corações contra as paredes perfuradas de tiros. Eram nossas almas contra a natureza humana. Era o amor quando deveria haver morte. Era a luz quando o céu adormecia. Era o calor quando assassinaram Beirute com um tiro.

Eu nunca imaginei que conseguiria viver tudo isso sem você. Nunca imaginei que conseguiria reencontrar Beirute depois que você me deixou.

Mas consegui.

Porque, enquanto existirem homens que precisam ser amados, Beirute abrirá seus braços para mim e me apresentará sua próxima vítima.

Eu amo você. Sempre amei cada um e todos em você. Porque todos vocês me deram Beirute. Em toda a sua glória. Na sua loucura irrestrita.

Beirute nunca parou de apontar uma arma para o meu coração, repetidamente. Era sempre uma surpresa. Era sempre um fim e um recomeço. A manhã depois da garrafa de vodca. Um renascimento. Beber água depois de tomar um sorvete. Os arrepios provocados por uma canção excepcional. O ataque de pânico depois de fumar haxixe. Os fantasmas nos túneis. As milhares de pessoas, 17 mil, para ser exata, que continuam cadastradas como pessoas desaparecidas. As covas coletivas que ainda não foram descobertas. O enforcamento que virá em seguida. A operação plástica do hímen. O vício da próxima bomba. O batom cor de laranja e os boatos nos abrigos. Andar de bicicleta quando se deveria estar escolhendo um marido. Usar um vestido de noiva e correr pelas ruas de Beirute. Descobrir a religião através do sexo. Descobrir a música através da guerra. Comer um sanduíche de queijo prato no pão árabe. Beber uísque com três pedras de gelo, nem mais nem menos.

É chorar dormindo.

É vomitar moscas pretas.

É matar enquanto você chega ao orgasmo.

10

O período após o fim da guerra civil foi agridoce no Líbano.
Foi uma época de extremos. Ou estávamos incrivelmente felizes ou incrivelmente tristes ou incrivelmente drogados. Nós, os felizes, fazíamos o impossível para reconstruir o país com alegria. Criamos ONGs e grupos de apoio. Fizemos exposições de arte e publicamos poesia. Organizamos concursos de arquitetura para a reconstrução do centro da cidade. Aconselhamos as pessoas que sofriam de ansiedade e depressão por causa da guerra. E, apesar de todas as dificuldades, tentamos reaprender a viver como uma comunidade. Tentamos nos reconciliar com nosso passado.

Tentamos chegar a uma identidade nacional. Ficamos acordados a noite toda planejando como reconstruiríamos nossa vida e como criaríamos um consenso baseado na confiança, na tolerância e no amor. Apesar da pressão dos nossos vizinhos israelenses, que estavam sempre nos ameaçando, com o objetivo de nos desestabilizar. Apesar da pressão de viver sob uma nova ocupação – uma ocupação síria. Ficamos acordados a noite toda. Sacrificamos nossa saúde e nossos sonhos pessoais para construir uma memória coletiva. Para reconstruir o Líbano.

E fazíamos isso com muita facilidade. Depois de anos de opressão e conflito aprendemos que a única coisa que podíamos fazer era ficarmos em pé e seguirmos em frente. Nós, os libaneses, aprendemos a dominar essa arte. Batalhávamos a noite inteira. E quando amanhecia, nos levantávamos, nos vestíamos e íamos trabalhar... muitas vezes como se nada tivesse acontecido. Eu não sei se isso é uma benção ou uma maldição.

Aqueles de nós que, por motivos pessoais, não conseguiram participar da reconstrução emigraram em busca de trabalho. Para ganhar dinheiro e sustentar sua família empobrecida. Para construir uma vida nova. Para esquecer. Para romper com o passado. Se analisássemos as estatísticas, ficaria evidente que a maioria daqueles que emigraram do Líbano eram homens.

Quando nossos homens libaneses começaram a emigrar, tomamos consciência do seu desaparecimento. Para onde iam todos? Os que tinham cabelo escuro e pele escura começaram a desaparecer. Diziam que estavam sendo bem-vindos no Golfo Pérsico. Os de cabelos claros e olhos azuis deixaram o país. Diziam que a Europa e a Amreeka os recebiam de braços abertos. Em pouco tempo havia mais mulheres do que homens, e foi nesse momento que as mulheres começaram a procurar umas às outras.

As mulheres se apaixonavam por mulheres não porque haviam nascido assim, mas porque estavam entediadas e solitárias, e porque isso era fácil, apesar do fato de que *"participar de um ato sexual contra a natureza"* era ilegal no Líbano. Elas ficavam de mãos dadas em público e ninguém reparava. Elas se beijavam nos banheiros das discotecas e ninguém se importava. Conversavam em código e com poesias. Dançavam no seu próprio ritmo. Todas estavam tão felizes porque estavam apaixonadas e eram amadas. Depois da guerra ninguém mais queria saber de regras. Todos estavam fartos delas.

Depois da guerra os limites começaram a se tornar confusos. Nas discotecas. Nos banheiros. Bebíamos a noite inteira. Cheirávamos. Dançávamos. Dirigíamos. Amávamos, fazíamos amor. Encontrávamos novos espaços, que nunca haviam existido no nosso país maravilhoso. E foi nesses espaços que criamos grandes obras de arte e literatura, tão cáusticas que na verdade eram belas. Foi nesses espaços sem controle que nos entregamos aos nossos desejos mais íntimos e percebemos que o sexo não passava de uma fachada para uma necessidade emocional muito maior. Aprendemos a nos reconciliar conosco e percebemos que a única forma de fazê-lo era trepando com o maior número de pessoas possível. Ao nos apropriarmos de um corpo recuperávamos o nosso. Havíamos vivenciado a guerra. Sobrevivido a ela. Nossos corpos estavam vivos e a única maneira de confirmar isso era glorificando-os. O sexo tornou-se um vício. Devido à falta de homens perdemos nossa vergonha e nos voltamos umas para as outras.

Aqueles que ficaram para a reconstrução viviam intensamente. Tentávamos falar sobre a guerra. Prometíamos que nunca esqueceríamos o que acontecera. Queríamos tentar aprender com ela. Juramos que nenhum de nós esqueceria. Mas já estávamos esquecendo. A situação era irônica. Trabalhávamos na reconstrução durante o dia e bebíamos para esquecer durante a noite. Tentávamos permanecer em um estado de semiconsciência. Lutávamos para não nos tornarmos tão hipócritas quanto nossos pais.

Prometemos tirar o dinheiro e a riqueza dos senhores de guerra, agora transformados em políticos, e distribuí-los entre as massas. Passeávamos pela rua Hamra e analisávamos os erros das gerações anteriores. A fé cega que haviam depositado no idealismo perigoso. Exatamente a mesma fé que os levara a participar dos massacres e informar sobre preferências religiosas. Juramos que nunca seríamos como eles. Juramos que encontraríamos nossa própria identidade e não nos deixaríamos influenciar. O que funcionava para os franceses, os amreekans ou os iranianos não tinha necessariamente que funcionar conosco. Imaginávamos o trabalho que teríamos e juramos encará-lo de frente. Juramos criar uma Revolução Cultural que corresponderia a uma realidade da vida cotidiana. No entanto, e paradoxalmente, quanto mais juramentos fazíamos mais os quebrávamos. Quanto mais falávamos mais bebíamos. Quanto mais pensávamos, mais fazíamos sexo. Nada estava sendo realizado. Eram corpos devorando corpos. Estávamos cansados.

A intervenção estrangeira tornava difícil fazer qualquer coisa. Os sistemas antigos, feudais, impediam certas mudanças. Éramos jovens. Talvez quiséssemos apenas ficar pelos corredores dos shoppings, como os jovens dos outros países. Talvez quiséssemos apenas ficar vendo TV. Talvez quiséssemos apenas fazer umas bobagens sem importância. Contudo, para nós, a Beirute pós-guerra era um desafio inevitável. Estava bem na nossa cara. Afetava nossa vida, nossos empregos, nossa educação, nossos sonhos. Éramos jovens e queríamos apenas viver, mas não percebíamos que, crescendo rápido demais, estávamos também ferindo uns aos outros. Que não fazíamos isso com armas, mas com sexo. Expressávamos nossa oposição em público, porém descarregávamos nossos desapontamentos na escuridão, um em cima do outro. Nós, os sonhadores, não conseguíamos acompanhar o ritmo do governo e dos homens de negócios, que assinavam contratos megamilionários da noite para o dia. Mais devagar. Mais devagar, suplicávamos. Prestem atenção, vejam o que estão fazendo. Pensem no que significa reconstruir tão rápido. E quando percebemos que não conseguiríamos acompanhar o ritmo, resolvemos viver hoje e trabalhar amanhã.

Porém, em Beirute... o amanhã nunca chega. No mundo árabe o amanhã pode abranger o amanhã, a semana que vem, o ano que vem ou o século seguinte.

Depois da guerra, as restrições econômicas tornaram-se uma constante e alguns de nós foram tomados por um profundo pessimismo e desistiram. Alguns de nós não conseguiram lutar contra a corporação gigantesca que devorava viva a nossa cidade e aplicava uma lavagem cerebral no nosso povo, fazendo-o acreditar que a solução para a vida no pós-guerra era comprar, comprar, comprar. Alguns de nós perderam a fé naquilo em que acreditavam.

Perderam de vista os sonhos.

Rompemos com nossos amantes de forma amarga.

Aonde ir quando não se tem um amor pelo qual vale a pena lutar? Aonde ir quando os comerciais na TV, que insistem em que compremos uma nova geladeira, são a única coisa que confirma a nossa existência?

Tudo estava dando errado.

Aonde ir quando se quer ser artista e se percebe que na língua árabe não há uma palavra que expresse verdadeiramente essa condição? Que se dizendo "artista" a palavra podia ser traduzida por "prostituta da Europa do leste"? Que se dizendo "artista" as pessoas presumiam que você era uma viciada em drogas ou uma *hashesh*. Que se dizendo "artista" a palavra significava que você não fazia nada na vida e estava apenas atrás de um marido? Que se dizendo "artista" a palavra significava que você não era boa em matemática e, por isso, nunca conseguiria um emprego de alto nível? Que se dizendo "artista" a palavra significava que você era uma prostituta presa em um mundo onírico e que não ligava para nada? Que se dizendo "artista" a palavra significava que na verdade tudo o que você queria fazer era foder? Que se dizendo "artista" a palavra significava que você continuava presa ao idealismo árabe dos anos 1970? Que se você era artista, isso significava que você só pintava cavalos árabes selvagens galopando e esculpia punhos emergindo do mármore? Que as pessoas deviam sentir pena de você pela sua incapacidade de fazer outra coisa? Por que ser artista quando podia ser bancária, advogada ou magnata da publicidade? Passei a maior parte da minha vida acreditando que era invencível. Que era descendente de *Jor-El*, o pai do Superman. Mas depois de morar alguns anos em Beirute meu espírito foi posto à prova. Eu me aproximara demais dela e estava despreparada. Meu belo vampiro me sugara até a última gota. Meus amantes me haviam abandonado. Meus colegas-artistas se vendiam àquele que oferecia mais. Eu passava mais tempo nos mega-hipermercados do que no meu estúdio. Meus livros colecionavam poeira. Minha caneta secara. Eu bebia. Eu bebia. Eu bebia.

Eu queria esquecer os desapontamentos. Queria encontrar a paz. Rapidamente.

Mas Beirute era perspicaz. E eu me amedrontei.

O monstro começou a devorar o poeta.

E então eu desabei.

Parei de dormir. Parei de comer.

Parei de beber. Parei de respirar. Parei de viver.

Mas tudo isso... não era a minha degringolada. Era Beirute. Beirute estava se afogando. E eu só estava nadando nas suas águas por acaso. Debaixo de tanta pressão para uma reconstrução da noite para o dia, debaixo de tanta pressão para não ceder à interferência estrangeira, debaixo de tanta pressão para sustentar seu povo alquebrado, Beirute mal conseguia se manter à tona. Beirute, a cidade onde a vida e as ideias se originaram, agonizava. Transformava-se em plástico. Em algodão-doce. Agora estava toda cor-de-rosa. Era uma agulha imunda. Era manchas de cocô nas roupas íntimas jogadas em um canto de um quarto esquecido. Ela estava afundando e, como o *Titanic*, arrastava para o fundo junto com ela todos nós.

Pelo menos na guerra tínhamos algo pelo que lutar. Fazer compras é um tédio.

Fui ver um médico. Ele me olhou longamente e prescreveu uma caixa de Prozac. Como as coisas haviam chegado a esse ponto? O que estava acontecendo com Beirute e comigo? O medo era uma pessoa abstrata que vivia dentro da minha cabeça e me lembrava sem parar que eu estava perdida. Que eu poderia tropeçar e cair no abismo a qualquer instante. Que eu poderia me tornar um animal e esquecer minha ética. Poder-se-ia dizer que as pílulas eram o único jeito de permanecermos humanos. Afinal, todos não querem ser felizes, sentir-se seguros, viver? Simplesmente viver?

Há muitos problemas quando moramos em uma cidade que acabou de sair de uma guerra. Nada funciona como deveria. Nem as pessoas. Vivemos sob a ameaça de que tudo pode pegar fogo novamente, a qualquer momento. Vivemos sob a humilhação constante das coisas terríveis que fizemos uns aos outros há apenas alguns anos. Eu me lembro das histórias do Holiday Inn. O Holiday Inn é um dos edifícios mais altos de Beirute. Durante a guerra, ele foi ocupado pela milícia, que achava divertido jogar as pessoas lá de cima e atirar, tentando acertá-las enquanto flutuavam no ar. Hoje nós ficamos lado a lado nas filas das discotecas enquanto aguardamos nossa vez de entrar.

No Líbano do pós-guerra as grandes corporações estavam nas mãos de poucos. Os mesmos poucos que há apenas alguns anos conduziam suas milícias para as ruas para matar e violentar a nossa cidade. Esses homens continuam colhendo os benefícios da nossa cidade perdida, e seus habitantes continuam sofrendo com a pobreza e a vergonha. Esses homens criaram uma cisão na nossa população. Eles erradicaram a classe média e instituíram um sistema feudal moderno. Agora, mesmo depois de a guerra já ter terminado, descobrimos que ainda prestamos contas aos *zaims*, os líderes do nosso bairro, os nossos novos senhores.

Uma nova sociedade estava sendo criada entre nós, esse povo alquebrado. E durante todo o tempo participávamos de uma amnésia coletiva.

Criamos uma realidade alternativa. Com o passar do tempo parecia que tínhamos apenas duas opções: mergulhar no vórtice criado por Beirute ou suprimi-lo com falsa alegria. A vida em Beirute exigia que vivêssemos em uma realidade alterada. Alguns escolheram as pílulas. Alguns o álcool. Alguns a heroína. Outros a negação. No final do dia dava tudo no mesmo.

Escapismo. Era impossível enfrentar tudo.

Satisfação instantânea. A morte estava a apenas um passo.

Desmoronando. Eu fazia o mesmo.

Isso não podia estar acontecendo comigo. Eu me tornara exatamente igual às pessoas que desprezava. E, exatamente como todos os outros, culpava Beirute. Beirute, que nem podia se defender.

Eu precisava arquitetar um plano se quisesse evitar o Prozac. Precisava enfrentar a minha realidade e me responsabilizar pelos meus fracassos. Talvez se parasse de beber tanto. Talvez se conseguisse um emprego em um banco. Talvez se pintasse as unhas e aumentasse os lábios. Talvez se tentasse me ajustar. Sabe...

Só um pouquinho.

Vão embora, monstros!

BEIRUTE, EU TE AMO:
UM RELATO

Quando garota, eu lia muitas revistas em quadrinhos do Super-Homem e do Tarzan, meus favoritos. Muitas vezes me perguntei se não poderia ser um deles também. Se não poderia ser um Tarzan. Quando em Beirute nada é como deveria ser, talvez pudesse me transformar em um Tarzan.

Uma noite Maya foi me visitar. Estávamos na casa dos meus pais e eles davam um jantar para amigos. Decidimos fazer a nossa festa particular e, às escondidas, levamos uma garrafa de vinho para meu quarto. Era inverno e a calefação estava enguiçada. Pulamos na minha cama, nos enfiamos debaixo dos cobertores, abrimos a garrafa e bebemos pelo gargalo.

— Maya, eu não posso continuar assim. Preciso melhorar. Sabe, houve um tempo que eu estava convencida de que mudaria o Líbano. Foi tão forte. Eu sentia que era capaz de enfrentar qualquer pessoa. E agora, olhe só para mim, a única coisa que consigo fazer é beber. Quero esquecer, mas não sei o que estou esquecendo.

— Zena, eu prometo que vai melhorar logo. Para de fazer drama. Por que você se agarra tanto a essa guerra? Você nem estava aqui! Você não vai resolver todos os problemas do Líbano sozinha. Por que se sente tão culpada? Tudo isso... você não tem nada a ver com isso. — Ela tomou um grande gole de vinho, engoliu. — Olhe, eu queria poder apagar tudo, mas não posso. Você precisa me ajudar. Você não pode misturar as coisas como todo mundo. O que aconteceu com Beirute não aconteceu com você. Você não pode assumir esse sofrimento.

— Mas eu sinto Beirute... ela está se afogando.

— Zena — interrompeu Maya um pouco impaciente, mas não zangada —, um dia nós iremos para Nova York, nós duas. Estaremos velhas e fedorentas. Passearemos pelo Central Park e tomaremos um café. Nossos maridos serão fabulosos. E você será uma artista famosa e eu uma escritora famosa! Foda-se este país, ele só consegue nos deprimir.

Ela ficava sempre tão bonita quando falava de Nova York. Seus olhos brilhavam e uma energia forte, porém tranquila, a envolvia.

— Maya, acontece que tudo o que eu quero é estar aqui. Se aqui fosse um aqui melhor...

— Não é difícil. Você é quem dificulta tudo. Você me vê dando a mínima para o que o governo faz ou deixa de fazer? *Khalas*, chega! Se você quiser viver aqui terá de ignorar o que está acontecendo. Terá de ignorar o que está acontecendo, pelo menos um pouco. Terá de concentrar-se em você e não nos problemas dos outros. Você não pode salvar todo mundo — Maya voltou-se e abraçou-me. — Cara, eu prometo, você vai melhorar. Deixa a dor ir embora.

Deixa de drama. E eu prometo que você vai ver que nem Beirute nem você estão afundando. Nós estamos todos aqui e estamos bem.
— Eu sei. Eu entendo o que você quer dizer. De vez em quando minha realidade me confunde. Às vezes quando você chora eu também começo a chorar. Fico confusa e não sei mais qual das duas está sofrendo realmente. Às vezes as pessoas me perguntam se estou bem, eu respondo que não e conto para elas algo que está incomodando você. Beirute é assim: sempre precisamos de um drama na nossa vida. Se não temos nenhum, nos apropriamos do drama de alguém. Precisamos estar extremamente alertas e hipercafeinados, sempre — ela passou a garrafa de vinho para mim. Estava quente. — Eu nem sei como fui para a cama com Haidar. Ele era tão jovem. Não consigo acreditar que fiz aquilo — disse eu.
— Eu também não consigo acreditar. É um milagre que você ainda esteja inteira. Eu realmente pensei que aquele garoto ia partir seu coração. Ele quase partiu.
— Ele partiu. Foi por isso que viajei para a China no ano passado. Eu precisava ir para o outro lado do mundo para ver se conseguia consertá-lo. Achei que se conseguisse fazer algo digno, talvez Deus consertasse o meu coração. Fui procurar a comunidade drusa perdida que, assim contam, está esperando atrás da Grande Muralha para voltar para a Síria. Eu queria reuni-la com seus irmãos e irmãs árabes. Imaginei que talvez conseguisse encontrar um marido, porque é evidente que ele não está no Líbano. Imaginei que talvez seria um dos drusos em exílio na China, como na lenda. Subi a Grande Muralha e olhei para o outro lado. Não havia ninguém. Nem uma única pessoa. Nenhuma alma transmigrada. Meu plano não funcionou. Tudo o que encontrei foi um monte de plástico.

A China passou diante dos meus olhos em um relance. As milhares de pessoas. As multidões. Os futuros proprietários de carros que aos poucos ultrapassarão o resto do mundo na corrida para destruir nosso planeta. Foi lá que tive meu primeiro ataque de pânico. Durou três semanas. Durante três semanas vomitei, chorei e desmaiei sem saber por quê. Achei que ia morrer lá. Eu havia viajado para a China porque queria ficar o mais longe que podia do Líbano. A China ficava do outro lado do planeta... longe o suficiente para mim. E foi lá, quando eu estava lá longe, lá do outro lado do mundo, que eu percebi que eu não era nada. Que não passava de mais um rosto na multidão. Que era apenas mais um consumidor. Um nada.

— Achei que tinha morrido — continuei. — Achei que tinha morrido há muito tempo. Depois voltei para casa. Lembra quando você foi me buscar no aeroporto? Você havia levado um balde para o caso de eu começar a vomitar.

Eu estava tão feliz em ver você que chorei o tempo todo que esperei na alfândega. Foi muito constrangedor, mas não liguei. Eu não tirava os olhos do balde.
— Você sempre chora.
— Não. Sim. Não. Talvez.
— Que dia maravilhoso foi aquele, não foi?
— É bom voltar para casa.
Ficamos sentadas em silêncio durante um momento, passando a garrafa de vinho quente entre nós.
— Por que você acha que Haidar terminou comigo? Porque ele é xiita? Certa vez, alguém me disse que os homens xiitas são amantes excelentes, porque são muito apaixonados.
— Pode ser, eu não sei.
— Haidar era tão superficial, mas me amava de uma forma que era nova para mim. Era tão intenso e direto. Mas também era escravizante.
— Como assim?
— Era atração física. Ele era tão árabe. Forte, orgulhoso, atraente. Quando falava sobre música suas narinas dilatavam. Seus olhos escuros sempre me embriagavam de amor. Às vezes eu tinha até medo de tocá-lo. Eu desmaiava de desejo quando ele usava roupas pretas. Ele era uma alucinação de um grande príncipe árabe. Um daqueles que nas histórias sempre carregam uma espada e usam bigodes extravagantes e exuberantes. Eu corria para ele. Eu corria para ele. E corria. Estávamos loucamente apaixonados. Não… não... nos desejávamos. Acho que não passava disso.
— Eu pedi a ele para me chamar de Zahra, como aquela moça que foi assassinada pelo amante, aquele que era atirador. A gente se encontrava em um apartamento vazio de um prédio abandonado, aquele que está todo esburacado de balas da guerra civil. Fedia a pólvora e mijo de gato. O prédio era de um rosa desbotado e estava coberto de pôsteres de mártires políticos. Os vidros coloridos das janelas de batente haviam sumido há muito tempo. No inverno fazia um frio de matar. Um frio glacial, úmido, que nem o calor do nosso corpo conseguia neutralizar. O que não era nenhum empecilho para nós. No verão, o calor era sufocante, mas não ligávamos. As baratas passeavam livres e nosso coração também.
— A gente bebia o tempo todo. Bebia vinho. Bebia uísque. Bebia vodca. A gente bebia e bebia até ficarmos cegos de desejo. Eu estava sempre tão perto da morte, mas quando estava com ele me sentia viva. Poderíamos desmoronar a qualquer momento. A qualquer momento eu poderia tomar consciência

do sonho que estava vivendo, resolver acordar e estragar tudo. Mas ele me mantinha no mesmo ritmo até o dia em que decidiu que a nossa relação havia terminado. Até me soltar. Até me deixar cair. E me arrebentar. E queimar.

— Ele era igualzinho a Beirute.

— Eu era tão cheia de vida. Achava que podia ter o que queria. E então ele acabou comigo. Um dia, ele simplesmente atirou em mim e me matou, como se fosse um atirador de elite.

— Nunca se pode possuir uma ilusão – disse Maya.

— Depois que fizemos amor pela primeira vez, ele confessou que era a sua primeira vez. Por um instante senti como se ele me pertencesse. Talvez ele tivesse me pertencido durante um tempo. Pelo menos durante alguns dias. Até seu corpo se tornar um vício e eu perder o controle. Mas isso já faz muito tempo, e desde então paguei o preço – suspirei. — Maya, apesar de tudo. De toda essa merda. De todos os desapontamentos, eu ainda tenho muita sorte em uma coisa.

— Que coisa?

Sorri e apoiei minha cabeça no seu ombro.

— Eu tenho você, cara, eu tenho você – respondi, passando a garrafa para ela.

— Pelo amor de Deus. Não me diga que agora você também é sapata – exclamou Maya empurrando a garrafa no meu rosto. — Mas que merda, todo mundo está virando sapata.

— Cara! Desde quando eu tenho que ser sapata para dizer que amo você?

Pulei em cima dela e comecei a fazer cócegas nela sem parar. Derramei vinho nos lençóis.

— Para! Está bem! Eu desisto!

E gritou tão alto quanto conseguiu:

— Eu também amo você!

Começamos a rir histericamente.

Fiquei em pé na cama com a garrafa de vinho na mão e comecei a pular para cima e para baixo em volta de Maya. Ela quase não conseguia respirar, porque seu corpo era jogado para cima e para baixo enquanto eu pulava. Pode-se morrer de tanto rir?

Eu gritava e ria ao mesmo tempo:

— Eu amo você! Eu amo você! Ha! Ha!

O vinho se espalhava por toda parte. Então meus joelhos dobraram e eu caí em cheio em cima dela.

— Entendi, cara. Entendi.

— O quê, o quê, o quê?
— Se quisermos evitar a fatalidade das pílulas azuis teremos de nos transformar em super-heróis.
— Super-heróis? Concordo. Sim, vamos fazer isso. Depois de uma pausa, Maya perguntou:
— Mas como?
— Ainda não sei. Não sei. Mas logo descobriremos. Toma, bebe. Vamos pensar juntas. Bebe. Depois vamos descer e dar uma de penetra na festa lá embaixo. Talvez todos aqueles vestidos cintilantes e todas aquelas camadas de maquiagem inspirem a gente.

Passados dois dias e uma ressaca dos infernos fui visitar minha avó que morava perto das casas dos pescadores, em Ain El Mressieh, um dos bairros mais antigos de Beirute. Ela morava em uma cobertura que dava para o pequeno cais. Todas as manhãs os pescadores, que são o coração e a alma de Beirute, atracavam seus pequenos botes azuis e brancos, e todas as noites zarpavam para pescar. Perguntei-me se aquela aldeia incrustada em uma cidade vivenciara a guerra como as outras aldeias.

Na casa da minha avó descobri um quartinho que ela usava para guardar coisas... um pequeno buraco bem no meio da grande porta servia de ventilação. Tudo no quarto estava coberto de panos, e os panos estavam cobertos de poeira e umidade que deviam ter pelo menos a minha idade. Foi lá que descobri o vestido de noiva da minha avó. Eu nunca o vira antes. A cauda media cinco metros. O vestido de renda continuava perfeito. Não resisti e resolvi prová-lo. Tirei minha calça jeans e coloquei-a cuidadosamente em cima da mesa. A poeira se espalhou e eu espirrei. Outra nuvem de poeira e espirrei novamente. Acho que então entendi que encontrara meu super-herói. Era aquele vestido incrível e poderoso. Se eu ainda não estava totalmente preparada para enfrentar as realidades brutais de Beirute, poderia começar sob a proteção da minha máscara, bem devagar, transferindo a responsabilidade para o vestido de noiva. Perguntei-me até onde conseguiria ir com essa farsa.

Naquela noite refleti durante muito tempo sobre a minha descoberta. Eu estava na casa dos meus pais. Abri a gaveta onde guardara a caixa fechada de Prozac. Tirei-a lentamente, segurei-a entre as mãos e fui até a varanda. Em Beirute é quase impossível sair para uma varanda e não ver o mar. Ele está presente em todo lugar. O mar olhou de volta para mim e violou meu desejo de ficar sozinha. Ele murmurou que eu não devia esquecer de mim. Que Beirute não passava de uma ilusão.

Abri a caixa, tirei uma pílula e a engoli. Isso era para me lembrar, sempre, de que meu corpo estava envenenado. Coloquei o resto de volta na caixa e deixei-a cair na rua.

Às vezes parece que tudo em Beirute está relacionado com a morte e o desespero, mas isso acontece somente quando ela engana você. A realidade é que ela é tão cheia de vida que todas as pessoas querem um pedaço. É uma guerra. É sermos estuprados por um grupo. Constantemente. Sempre nos questionamos por que ainda estamos aqui e como ainda conseguimos sobreviver. Mas é claro que isso não nos leva a lugar algum. Talvez nós sejamos o problema e não Beirute? Sentamo-nos nos cafés da rua Hamra, nos cafés à beira-mar. Bebemos café e fumamos, fumamos, fumamos. Cada um tem direito de manifestar sua opinião, porque, tecnicamente, vivemos em uma democracia. Todos são partidários. Todos pertencem a alguma organização política. Ou a uma ONG. Ou a um clube, ou a alguma coisa. A gente se encontra, fala, fuma, fuma e fuma.

Essa é a nossa poesia amargurada para sobreviver.

Muita conversa e poucos resultados acabam por maltratar a mente. Constatei que não conseguia viver esse tipo de vida. Que se fosse viver no Líbano tinha de ser do meu jeito. Eu precisava ser Tarzan.

Um dia voltei à casa da minha avó e coloquei o vestido de noiva novamente. Cabia perfeitamente. Eu esquecera como a sensação era maravilhosa. Saí da casa da minha avó vestida nele, arrastando a cauda de cinco metros atrás de mim. Ninguém me viu. Entrei rapidamente no carro e fui embora. Eu decidira que salvaria o Líbano usando o vestido de noiva da minha avó. Defenderia todas aquelas pessoas que haviam sido vítimas de restrições sociais e eram controladas por políticos obtusos e enganadores. Sentia-me bem, forte, capaz de enfrentar qualquer coisa. Certamente eu não seria assassinada naquele dia. Não enquanto usasse o vestido de noiva... seria trágico demais. O *"poder estabelecido"* nunca permitiria isso. Esse tipo de situação só acontece nos filmes. Eu dirigia sem parar. Fui a lugares de Beirute que às vezes me assustavam. Queria ver como eram aquelas zonas. Queria ver, e não estava com medo, porque sabia que não morreria vestida daquele jeito.

Desde então uso o vestido quando sinto necessidade. E cada vez renovo minha relação com Beirute. Cada vez eu a redescubro.

Caminhei pelas ruas e conversei com açougueiros e motoristas de ônibus. Sorri para mulheres que, histéricas, compravam compulsivamente. Senti pena das moças anoréxicas que tentavam caber nos últimos ditames da moda. Simpatizei com as moças de véu que se adornavam com lenços de seda fúcsia, cintos brilhantes, calças jeans brancas justíssimas e sapatos de saltos agulha altíssimos. Quando os rapazes com cabelo cheio de gel que passavam em bicicletas motorizadas me lançavam insultos sexuais, eu acenava para eles e lembrava-lhes, sempre com um sorriso, que sua mãe era puta. Quando as mães vinham bater à minha porta para verificar se eu estava madura e apta para o casamento, pintava meu cabelo de um louro tóxico oxigenado. Comi para engordar. Comi para ter mau hálito. Quando ficava presa no trânsito, lia um livro de poesias. Quando meus amigos estendiam as mãos para os antidepressivos, eu as segurava e dizia que logo passaria. Quando os homens me abandonavam, eu replicava que não estava chateada porque lá no fundo do coração sabia que eles nunca mais conheceriam alguém como eu. E que talvez fosse um alívio para eles porque, no fundo, eu representava uma realidade que eles não queriam reconhecer. Fiz as pazes com minha família, que sempre me impedira de me tornar um Modigliani, um Miller ou um Basquiat.

 Perdoei Beirute por querer esquecer, porque eu conheci o peso da humilhação.

11

Para se conciliar completamente, você precisa penetrar no âmago da vida em Beirute. Precisa querer ver as coisas como elas realmente são. Você não pode se esconder atrás de uma revista, enquanto toma café em uma calçada movimentada, nem pode enganar-se com ideais falsos. Todos retornarão para assombrá-lo. Precisa caminhar pelas ruas. Precisa falar com as pessoas.

Na Beirute do pós-guerra, caminho pelas ruas disfarçadas de boutiques da moda e fast-food. Caminho pelas ruas e vejo carros novinhos em folha parados do lado de fora de um café Starbucks. Caminho até a periferia da cidade e vejo esgotos a céu aberto. Roupas penduradas para secar nas varandas. Pessoas cansadas que não conseguem entender o porquê de tanto trânsito. Crianças caminhando debaixo de um calor sufocante, carregando pastas que devem pesar uns dez quilos, pelo menos. Crianças pedindo dinheiro nas ruas. Lábios de silicone que as enxotam com um "*Sai!*". Sinto o cheiro de iogurte estragado. De lixo apodrecendo. Volto a pé para o coração da cidade e vejo gruas gigantescas dando à luz aço e vidro. Vejo cartazes gigantescos mandando-me comprar um creme para o rosto que embranquece a cor escura da minha pele. Vejo homens velhos arrastando pequenas carroças para me vender legumes e frutas. Vejo um cabeleireiro que oferece uma aplicação de Botox gratuita a cada visita. Vejo adolescentes desesperadas para se transformarem em mulheres. Vejo homens adultos agindo como garotinhos. Vejo o mar poluído de óleo. As cicatrizes do óleo derramado nas nossas praias. As mulheres e as crianças dos campos de refugiados nadando ali porque não têm permissão para frequentar outro lugar.

A meu ver, nosso governo é a nossa maior desilusão atual. E nossos políticos com suas mãos ensaguentadas e exércitos e guerreiros, que hoje se disfarçam de terno e gravata.

Na realidade, os milicianos nunca sumiram do Líbano. Eles ficaram desempregados depois da guerra civil. Muitos sofreram algum tipo de depressão. Não podiam mais matar, mutilar, assassinar, violentar ou pilhar. Inesperadamente, ninguém mais os temia e eles tinham muito tempo livre nas mãos.

Antes de frequentar as discotecas eu nunca havia tomado conhecimento dos milicianos. Havia uma discoteca onde costumávamos ir. Ela ficava cerca de quarenta quilômetros ao norte de Beirute. Naqueles dias não havia nenhuma discoteca "decente" em Beirute onde as moças pudessem se divertir. Se uma moça quisesse beber e dançar a noite inteira, precisava ir até o setor cristão do país. Isso em 1994. Naquela época eu bebia suco de laranja com vodca.

Fígaro era um homem alto e musculoso que certamente tomava anabolizantes. Era o leão de chácara de um clube popular chamado Loco. Durante a guerra, ele havia sido miliciano, mas agora se vestia de preto e usava o cabelo penteado para trás emplastado com pelo menos um quilo de gel. Fígaro sempre usava as mesmas botas tipo caubói e uma corrente de prata no pescoço. A camisa, sempre justa, deixava à mostra os pelos pretos e encaracolados do seu peito, que chegavam até o pescoço. Como ele mesmo se descrevia, Fígaro era um protetor da sua rua. Em árabe, a terminologia é *shabeb el sher'aa* que, traduzido, significa "a juventude da rua". Ele me contou que havia muitos iguais a ele. Era verdade que a maioria dos homens da sua idade – ele tinha 25 anos – participava desses bandos de rua.

Eu gostava dele porque seus olhos eram bondosos. E não quis acreditar quando me contou que matara pessoas. Achei que queria apenas se mostrar ou contar vantagem, algo assim. Eu costumava conversar com ele sobre arte. Falei de *Guernica*, expliquei que as pessoas protestavam contra a guerra por meio da arte. Ele respondeu que ninguém havia feito algo parecido para o Líbano. Eu disse que no Líbano todos os artistas estavam cegos demais para ver isso. O problema era que as pessoas simplesmente não percebiam que estavam diante da arte quando se deparavam com ela. A guerra havia sido uma grande loucura. As pessoas haviam enlouquecido e perdido o sentido de realidade. Um quadro poderia ter sido uma ilusão da realidade. Uma viagem. Um quadro podia levar as pessoas a lugares a que elas talvez temessem demais ir.

– O poder da arte está fora do nosso alcance, Fígaro – disse eu tomando um gole do meu suco de laranja com vodca.

– Por que você não gosta de dançar? Por que está sempre aqui fora me perturbando? – perguntou Fígaro. – Você sabe que eu não posso passar a noite conversando com você.

– Dançar é muito chato. É para esquecer. Eu estou tentando me lembrar.

– Mas você disse que não estava aqui durante a guerra. Do que está tentando se lembrar exatamente?

– A guerra começou um ano antes de eu vir ao mundo nesta vida atual. Estou tentando me lembrar do que eu era antes dessa maldita guerra começar. Hoje só conheço a guerra, mas deve ter havido um tempo em que vivi durante os "anos dourados".

– Sua outra vida? Qual é a sua religião?

– Se eu disser, você vai me dar um tiro. Não era isso que você fazia há apenas dois anos? Por que seria diferente agora?

– Você é uma mulher boba e está bêbada. De qualquer forma eu não mato as pessoas com um tiro. Eu uso uma navalha, e é por isso que me chamam de Fígaro. Uma *moos*. Acho que você nem sabe o que é.

– Fígaro, você bebe o quê?

– Uísque.

– Que nojo, uísque tem gosto de mijo.

— Depois de matar algumas pessoas o que você bebe não tem a menor importância, desde que fique bêbado. Uísque é bom para ficar bêbado. Não me deixa paranoico.

— Paranoico? Eu achava que você era um valentão. Os milicianos têm direito de ficar paranoicos?

— O uísque — repetiu ele ignorando-me — é a única maneira de matar um homem e poder conviver consigo mesmo no dia seguinte.

Lembro que olhei muito séria para Fígaro.

— Que Deus te acompanhe Fígaro. Agora preciso entrar e dançar. Estão tocando a minha música. Quero tentar ouvir o Dr. Alban.

— Isso, vai. Você acha que se sente melhor comigo porque sabe tudo sobre arte e música. Mas eu vou dizer uma coisa para você: o que você não conhece é a *vida*. E a única razão por que está parada aqui hoje é por causa de pessoas como eu. Sem mim, hoje este país seria muçulmano ou israelense ou palestino. É por minha causa que o Líbano existe, e você deveria me agradecer.

12

Já faz doze anos que me mudei para cá, e ainda tento fazer as pazes com Beirute. Tento caminhar por suas ruas para conhecê-la melhor. Para compreender. Muitas vezes penso em fugir novamente. Em voltar para Nova York. Que o intervalo de quatro anos havia sido proveitoso de várias maneiras. Mas, Beirute, Beirute é egoísta comigo.

Rua Hamra. Outrora centro dos debates intelectuais, agora estava repleta de lojas de vestuário que apresentavam sempre a última moda. Os cafés que eram o centro das revoluções sociais tinham sido substituídos um a um por imensas lojas multinacionais de roupas. Os cafés que eu costumava frequentar quando estudante estão cheios de fantasmagoria brilhante. Há lojas que vendem roupas de marcas internacionais, roupas de marcas nacionais e roupas "made in China". Há mercadorias baratas e mercadorias caras, mas o que mais se vê são produtos de plástico.

Passo pelas lojas e começo a ficar nauseada. As vitrines estão decoradas com manequins anoréxicos. Eles me olham com olhos pintados e tentam me atrair para comprar suas peças de roupas. Vestidos de noite bordados de lantejoulas douradas e prateadas me convidam para vesti-los e esquecer o resto. Esquecer a guerra.

Olho para um manequim vestido com um conjunto de lycra-stretch. Ele me diz que a guerra continuará para sempre e que preciso me habituar a ela. Que as roupas de última moda pelo menos ainda conseguem entrar no porto de Beirute. Que eu posso pelo menos estar bonita quando morrer. Que a lycra é o melhor remédio para a ansiedade. E que o turquesa e o amarelo farão tudo desaparecer. E que eu nem pense em vestir uma lycra dessas antes de fazer uma depilação na virilha e uma manicure à francesa. Que preciso ter os pré-requisitos. Que preciso ter o físico do papel e assumi-lo antes de poder vesti-lo. Que preciso perder dez quilos, pelo menos. Que a guerra pode ser uma boa coisa porque a ansiedade é excelente para emagrecer. Precisamos apenas vomitar (de medo) e parar de comer (por falta de comida... e medo).

A guerra é excelente para a indústria da moda.

Por favor, por favor, imploro ao manequim, tem de haver mais do que isso. Eu sei que tem. Eu me lembro de outra época. Nem foi há tanto tempo assim, só que agora está ficando cada vez mais difícil de lembrar.

— Você é uma boba — respondeu ele do outro lado da vitrine —, aquilo não passou de uma ilusão. Você estava na escola. Tudo estava relativamente calmo. Acontece sempre depois de alguns anos. Não era a realidade. Isto é. Você não pode tomar por base para o Líbano aqueles poucos anos. Estou parado nesta rua há décadas. O plástico tem lá seus benefícios. Vi os debates intelectuais fracassarem nos anos 1960. Vi os ativistas envelhecerem e criarem falsas realidades para terem a ilusão de que haviam criado uma mudança. Em 1982, acompanhei a invasão dos israelenses e seus tanques, quando eles atiraram em tudo o que havia na sua frente.

— E agora vejo as moças passeando de minissaia e usando piercing no umbigo. Vejo moças de burca usando sapatos Jimmy Choo debaixo dos panos pretos. Zena, todo mundo sabe que Beirute é irreal. Você pode criar sua própria realidade e viver do jeito que quiser. Tudo não passa de um jogo. Só que jogadores mais poderosos controlam tudo. Não adianta tentar querer mudar o que quer que seja, porque não vai dar certo. Toda vez que os políticos percebem que os libaneses estão suficientemente desesperados e pretendem desistir, eles lhes injetam algumas vitaminas. Criam uma nova lei, inauguram uma nova estrada ou anunciam novos investidores. Não importa o que seja. É apenas para manter as pessoas sedadas. Não tente mudar nada. Apenas viva a sua ilusão e não tente entrar em contato com nada fora do Líbano. É isso aí. Isso é a vida. Não há nada além do aqui. Qualquer tentativa de um diálogo global sobre a vida, o vinho, a guerra e todo o resto só causará desapontamentos e estresse. E você sabe que o estresse é a causa principal do câncer.

Fechei os olhos e dei às costas para o manequim. Não queria que ele me visse chorar. O aroma do café Starbucks flutuou na minha direção. Afugentei-o com a mão. Nada de produtos internacionais para mim. Nada de produtos globais. Eu quero meu velho bar, tomar goles de café amargo em xícaras minúsculas e frágeis de porcelana branca. Nada dessa porcaria de copos de papel com café moca e leite desnatado com pouco açúcar.

— Sabe — disse eu, continuando a falar de costas com o manequim —, eu sei mais sobre esta rua do que você imagina. Eu participo dela. Você não passa de um observador. Ela é a minha realidade, enquanto para você ela não passa de uma ilusão. Você pode elogiar seus shorts de látex, seus tops de spandex e seus saltos altos verdes e dourados. Mas você nunca conhecerá a sensação verdadeira desses tecidos na sua pele. O látex retém o suor e dá alergia. O spandex é artificial e frio, e faz os bicos dos seios endurecerem, o que não é muito agradável de ver. E os saltos altos verdes e dourados arqueiam as costas e fazem a mulher parecer um animal no cio.

Depois disso tomei coragem para me afastar da vitrine e seguir meu caminho pela rua Hamra. Refugiei-me em uma livraria. Eu acreditava que seria a minha salvação.

Fui até a seção de livros em inglês, passando por todos os jornais com suas fotografias ampliadas das partes do corpo. Desci a escada de madeira pintada de branco. Cheirava a mofo. Cheirava a Beirute. Cheirava como se tivesse caído em uma armadilha do tempo há cem anos. A sala estava dividida em três seções: uma de livros sobre viagens, uma pequena seção de livros religiosos e uma seção com o restante. O restante consistia de livros de autoajuda e jornadas místicas à moda de Paulo Coelho. Eu não preciso de ajuda, pensei comigo mesma. Só quero um bom livro para ler. Por que os livros de autoajuda são os únicos que vendem em Beirute hoje? A cidade estaria realmente tão deprimida? Por que todos estavam à procura de um sinal para legitimar sua vida? Por que todos queriam ler sobre a existência de mais do que essa nossa vida miserável?

No final da prateleira encontrei uma pequena seção intitulada Escritores Árabes. Eu nunca a vira antes. Talvez por ser tão pequena. A seção dos escritores libaneses era ainda menor. Desapontada, vi que já lera a maioria dos livros. Todos eram sobre a guerra civil. Essa guerra já terminara há quinze anos e continuavam escrevendo sobre ela. Escreveríamos sempre e somente sobre a guerra?

Saí da loja de mãos vazias e continuei meu passeio pela rua Hamra. Cheguei no final dela. E agora? Experimentei aquela sensação sufocante que se tornara tão familiar. Beirute tentava me estrangular. Peguei na bolsa um grande pincel atômico cor-de-rosa e desenhei um "X" enorme na parede do final da rua. A ponta do pincel era grossa. Pressionei-a com força e repassei o pincel por cima das linhas várias vezes. Eu precisava que essa marca durasse para sempre. Parei quando a ponta quebrou.

— Beirute! Você está me ouvindo? Tudo termina aqui. Bem aqui!

Aquele "X" cor-de-rosa no final da rua Hamra assumiu o papel de meu anjo da guarda. Ele é um lembrete constante de que eu estou viva. E de que estou no controle. Às vezes o esqueço, mas depois tenho a surpresa agradável de esbarrar nele.

Agora eu o vejo cada vez que caminho pela Hamra.

Eu o vejo quando vou para o meu restaurante favorito.

Eu o vejo quando vou para a casa de Maya.

Lembro quando o vi no dia em que peguei o carro, fui até a casa de Maya e a fiz experimentar o supervestido de noiva. Garanti-lhe que ela não morreria naquele dia se o usasse. Que o vestido a protegeria. Que mataria todas as suas células cancerosas. Maya vestiu-o e entrou no meu carro. Fomos até a feira que funcionava aos domingos e fingimos que procurávamos um marido. Era um dia luminoso e claro. Era primavera. Uma primavera de Beirute. Na feira, homens sírios vendiam seus produtos enquanto mulheres de Sri Lanka compravam os produtos que eles vendiam. Tudo era barato, tudo ao alcance do bolso. Maya corria e corria, e os homens a seguiam e seguiam. Eu ficara no carro, esperando. O carro da fuga. Esperando para resgatá-la e escapar a toda velocidade.

Vi-a quando voltava no meio da multidão, seguida por um cortejo. Os homens cantavam e dançavam. As mulheres ululavam. As crianças se agarravam ao vestido de noiva para terem sorte. Uma galinha voava, não sei bem como, por cima da cabeça de Maya. Seu sorriso tinha dois quilômetros de comprimento. A música aumentava de volume à medida que ela se aproximava. Homens tocavam *derbakees* e *nays*. Mulheres rodopiavam tamborins. Crianças cantavam canções folclóricas. E eu não conseguia parar de rir. Saí do carro e comecei a dançar em volta dela. Caí de joelhos e bati palmas. Ríamos e chorávamos ao mesmo tempo. Seu cabelo, que agora estava pintado de vermelho, esvoaçava em volta dela em ondas. Sua pele, tão branca como uma pérola, cintilava como a lua no mar.

Voltamos correndo para o carro e partimos a toda velocidade em direção ao resto do dia, com Maya que berrava de tanto rir.

— Eu não posso acreditar que acabei de fazer isso. Por que você me fez fazer isso? Por que é que eu sempre faço o que você quer?

— Como é? Você nunca escuta o que eu digo. Nem tente colocar a culpa em mim. Você praticamente pulou para fora do carro assim que nós paramos — estendi o braço livre e abracei-a bem forte. — Eu bem que avisei — continuei, apertando seus ombros. — Uma mulher não morre nunca quando está vestida de noiva. Você está proibida para sempre de tirar o vestido.

Eu queria que ela tivesse me ouvido.

13.

ASSUNTO: amor.
Para: zena
Sexta-feira, 29/10/2006   17h11   1KB

Jessica me contou a triste notícia ontem.
Não sei o que dizer...
Mando todo o meu amor para a família,
os amigos, para você e para sua família.
Meu breve encontro com Maya foi
inesquecível... ela me fez rir.
Acho que já disse isso a você... quando
perguntei a ela o que fazia na vida,
ela respondeu com a maior naturalidade:
"Eu sou a melhor amiga da Zena". E eu
respondi: "Tudo bem".
Seja como for, e para dizer a verdade,
não tenho palavras. Desejo a você
e a todos toda a força.
Com muito amor e respeito,
k

O que não mencionam sobre as bombas é o barulho. Todas as casas estremecem. As janelas chocalham. A luz pode apagar de repente. Os vizinhos gritam lá embaixo, em algum lugar na rua. Tudo o que queremos é dormir. Se conseguíssemos dormir uma noite sem barulho nem interrupções, talvez no dia seguinte conseguiríamos lidar um pouco melhor com o estresse.

Mas eles sabem de tudo isso. Sabem como estressar até a pessoa não aguentar mais. Eles fazem isso de propósito.

No verão de 2006 nós brincamos de cabo de guerra. Eu me recusei a sair da minha cidade que eles estavam explodindo, deixando-a em frangalhos, e se recusaram a me deixar dormir. Uma briga para ver quem resistiria mais.

A guerra terminou tão de repente quanto começou. É realmente incrível a facilidade com que se pode começar e terminar algo tão complicado quanto uma guerra. Afinal, ela está nas mãos de pouquíssimas pessoas. E pouquíssimas pessoas têm o poder de decisão sobre o destino e o rumo da sua vida.

Maya, eu vivi a guerra por você. Eu precisava manter você viva. Por conseguinte, eu precisava ficar viva antes de qualquer coisa. Quando eles odiavam, eu amava. Quando insistiam em culpar os outros, eu pregava a compaixão. Quando escolhiam lados, eu abraçava o mundo todo. Eu sabia que aguentaria para ver o final. Mas você me pegou de surpresa quando partiu pouco depois. Pegou-nos a todos de surpresa.

Fui visitar seu túmulo e lentamente empurrei para o lado o mármore branco que a mantinha prisioneira. Enfiei a mão lá dentro e agarrei seu braço. Eu sabia que era você porque reconheci seus incríveis polegares redondos. Iguais aos da sua mãe e sua avó. Puxei você para fora e a leveza do seu corpo me surpreendeu. Você saiu com facilidade. Comecei a tirar sua mortalha delicadamente, bem ali no cemitério. Nós realmente estávamos dando um espetáculo... como sempre. Você e eu. E Beirute.

Durante a volta, no táxi, você disse que estava no meio de um sonho muito estranho. Que havia me deixado. Era um daqueles sonhos que pareciam tão reais que você continuou adormecida durante muito tempo. Respondi que também passara a maior parte do final do mês de outubro e todo o mês de novembro adormecida, mas que, depois do sonho em que eu acordava você, entendi que para acordar eu precisava primeiro despertar você. Você sorriu e respondeu através dos seus dentes perfeitos (menos um dentinho torto) que os amigos são para essas coisas.

Deixamos o cemitério muito aliviadas. Eu sabia que você não podia ter morrido. Era cedo demais. Sua hora ainda não chegara.

Beirute assomava diante de nós em toda a sua glória. Eu estava ansiosa e despreparada para pular novamente dentro dela. Aqui fora, no subúrbio cercado de pinheiros, estava muito agradável. Tão silencioso. Até o grande parque público que rodeava o cemitério com seus pinheiros imensos estava deserto. Ele havia sido fechado durante a guerra civil e ainda não fora reaberto. Naqueles dias os pinheiros eram apenas para os mortos.

Nossa viagem nos conduzia à terra dos vivos.

Pode parecer estranho pensar em Beirute como algo vivo. Beirute é uma selva de concreto poeirenta que não parece absolutamente estar viva. Mas está. Ela é magnífica. Beirute sempre me lembra o que significa perder aquilo que você mais ama no mundo. Ela dá e dá e depois toma tudo de volta. É preciso estar vivo para conseguir realizar uma empreitada dessas.

Maya, lembra da nossa conversa quando fui buscar você no cemitério?

– Estou tão contente porque você me encontrou – você disse.
– Eu também estou – respondi.
– Como você sabia onde eu estava? Há centenas de túmulos aqui.
– Abri o que estava coberto de girassóis.
– Mas não foi você mesma quem colocou as flores lá?
– Foi sim.
– Como foi que nós chegamos aqui?
– Não sei, deve ter sido um pesadelo.
– Estou tão contente porque você me encontrou. Eu estava começando a desistir.
– Demorei muito porque você tinha ido para longe durante um tempo. Você foi para o céu enfrentar Deus. Depois foi mandada de volta para baixo, para lutar contra alguns demônios. Fiquei preocupada porque achei que talvez você não soubesse o que devia dizer a eles. Eu não sabia se você sabia os textos religiosos em árabe. Precisei esperar até o fim para tirar você daí.
– Agora eu me lembro. É isso mesmo, eu não sabia o que dizer, mas as palavras saíram sozinhas da minha boca. Acho que alguém estava me ajudando.
– Fiquei tão preocupada e cansada de esperar que comecei a ler os textos em voz alta para você sob o túmulo. Parece que você ouviu.
– Parece que sim. Obrigada.
– Não tem de quê.
– Podemos ir para casa agora?
– Sim. Vamos.

Aproximei-me do túmulo e me deitei do seu lado. Perguntei de que lado estava a sua cabeça. Depois que me responderam, adaptei-me ao seu corpo. Deitei-me do seu lado como fizera tantas vezes. Disse que sentira muito a sua falta. E que agora já era hora de voltar para casa. Não havia muito espaço entre seu túmulo e o seguinte. O chão de terra entre as pedras de mármore estava úmido da chuva da noite anterior. Apoiei minha face na terra fria e chamei seu nome. Você me ouviu imediatamente. Fiquei surpresa. Achei que ia demorar mais. Empurrei a pesada pedra branca de mármore. Ela não se moveu. Reajustei meu corpo e usei a perna direita para empurrar também. Minhas costas estavam pressionadas contra o túmulo atrás de mim. Peço desculpas pela invasão.

A pedra deslocou-se um pouco, e eu enfiei minha mão no interior. Senti somente escuridão. O buraco era mais profundo do que eu imaginara. Estava tateando o nada. Chamei seu nome e pedi ajuda. Senti quatro braços se estenderem na minha direção. Minha mão resvalou por eles, um por um, até encontrar o seu. Reconheci você pelos polegares. Aqueles polegares gordos e grandes que sempre faziam você deixar cair coisas. Eu costumava contar quantas coisas você deixava cair em um dia. Número um. Número dois.

Segurei sua mão e puxei, e puxei. Espremi você para fora da brecha escura do mármore. Você saiu como uma gelatina molenga e começou a se reconstituir lentamente. Sentei-me, limpei a sujeira do meu rosto e embalei você. Como Michelangelo e a Madonna. Passei os dedos pelos seus lábios e pela sarda minúscula que você tem debaixo do olho.

— Eu estava esperando você.
— Eu sei. Desculpe ter demorado tanto.
— Onde você estava?
— Fiquei presa em casa. Havia uma guerra. Durou 34 dias. Por isso demorei tanto.
— Você não podia vir durante a guerra?
— Não. Eles estavam explodindo tudo em volta do cemitério. Era perigoso demais. Sinto muito você ter esperado tanto. Não tínhamos a menor ideia de quando terminaria.
— Puxa. Você está bem?
— Não sei. Eles bombardearam todas as estradas e todas as pontes. Bombardearam os depósitos de gasolina e de alimentos. Foi muito assustador. Tão barulhento. Eu nunca tinha ouvido uma explosão de bomba. Elas eram largadas de aviões sem tripulantes que não paravam de voar em volta da gente a noite toda, mas ninguém conseguia vê-los. Zuniam como mosquitos.

Eu quis acertar neles com uma raquete mata-mosquito, mas não consegui alcançá-los. Eles me lembraram meu irmão, que mata os mosquitos com um tapa contra a parede do seu quarto e deixa o cadáver lá para servir de lição para os outros mosquitos que ousarem entrar no quarto. Fiquei imaginando se ele estava pensando em matar os aviões enquanto permanecia encolhido no seu quarto, sem luz nem internet. Será que usaria só a mão, como costuma fazer?

— Morreram tantas pessoas. Não foi fácil encontrar o seu túmulo. De repente este lugar cresceu demais.

— Ouvi muito barulho. Zena, tudo isso me soa muito familiar. Você tem certeza de que eu não estava viva quando aconteceu? Não consigo me lembrar de nada. Tudo está tão nebuloso. É como se a guerra sempre tivesse existido. Uma guerra depois da outra. Você está falando de qual, exatamente? O que foi que eles fizeram?

— Eles soltaram bombas em cima de toda Beirute. Bairros inteiros desapareceram. Famílias inteiras sumiram. Usaram bombas poderosíssimas, que eles chamam de Bunker Buster Bombs, ou Bombas Destruidoras de Bunkers, capazes de destruir edifícios de concreto. Imaginei que cada bomba tivesse uma espécie de punho amarrado nela. Que o punho caía primeiro, rachando os edifícios ao meio, e depois a bomba explodia. Como nos desenhos animados de *Tom e Jerry*, aqueles antigos que parecem ter sido criados durante a Segunda Guerra Mundial. E também jogaram bombas que queimam pessoas. A pele derrete toda. E jogaram bombas que continham centenas de bombas menores, para as crianças apanharem e explodirem. Eles não discriminavam: qualquer pessoa tinha permissão para apanhar uma bomba.

— Achei bom você não estar viva, porque eu não gostaria de vê-la passando por isso. Foi realmente horrível. Pior do que todas aquelas histórias que ouvimos a respeito. Eles não paravam de jogar bombas e ninguém os impedia.

— Zena, eu ainda estava viva, tecnicamente. Muito pouco, mas viva. No entanto, a morfina que me aplicavam contra a dor me mandou para outro lugar. Eu me lembro agora. Dizem que quando um paciente com câncer começa a tomar morfina não há volta. Sinto muito não ter estado aqui para ajudar você. Sinto muito que você teve de passar por isso sozinha.

— Dizem que no ano que vem teremos outra guerra. Como é que eles planejam essas coisas? Será que realmente ficou tão fácil?

— Não sei.

— Talvez seja melhor você voltar lá para baixo. Dessa vez eu posso ir com você.

— Você acha mesmo?
— A gente pode se esconder até a guerra terminar. Ou até o mundo acabar. De qualquer forma, pelo menos ficaremos juntas novamente.
— Só se você realmente quiser. Lá embaixo é meio chato. Todo mundo fala árabe e eu não entendo tudo. E eles não têm forno micro-ondas para fazer pipoca.
— Acho que vou arriscar. Chega para lá.

Levei você para perto de uma árvore, para ficar um pouco protegida. Eu estava preocupada com a possibilidade de que as pessoas achassem esquisito se me vissem conversando com você. Contei o que acontecera em Beirute enquanto você estava fora. Falei sobre todas aquelas pessoas que tinham vindo para a cidade. Sobre as muitas pessoas que a haviam cortejado com promessas e declarações. Sobre as muitas pessoas que a haviam usado enquanto babavam loucuras nos seus ouvidos. Sobre como ela se tornara a puta de cada um. Mas isso a gente sempre soube, não é verdade?

Como você havia mencionado que sentira falta de todos enquanto estivera fora, contei algumas histórias para você.

Contei como meu irmão, Nadim, finalmente aceitou Beirute por causa da sua teoria da magnetização. Que ele acreditava que as pessoas eram tão agressivas no Líbano por causa das potentíssimas ondas eletromagnéticas emanadas do solo debaixo de Beirute. Que essas ondas geravam muita energia e que essa energia fazia as pessoas ficarem iradas, frustradas e verdadeiramente más. Contei que em um dia muito ruim meu irmão costumava dizer: "A magnetização está muito forte hoje".

Você deu uma risada. E eu quase comecei a chorar. Percebi como sentia a sua falta.

— Você quer saber o que penso de verdade? — perguntei.

Mas antes que você pudesse pedir para continuar, eu me pus de pé, escondi o rosto atrás dos punhos e falei diretamente com eles como se fosse Bruce Lee narrando uma história importante.

— Minha contrateoria é que não é o magnetismo que perturba todo mundo, e sim as almas dos mortos que vagueiam pelas ruas de Beirute. Aquelas pessoas que morreram por causa de atiradores de elite, bombas, explosões, assassinatos e minas. A maioria morreu à toa, não teve um enterro decente, e agora esses mortos estão realmente furiosos e descarregam sua raiva nos vivos. Os piores lugares são os túneis. Centenas de pessoas morreram lá e seus corpos ficaram abandonados durante um tempão, até apodrecerem. Se fosse comigo, eu também ficaria p. da vida. Tento evitar os túneis o máximo que posso. E não culpo você por nunca ter aprendido a dirigir. Nesse ponto, uma sombra escura cobriu-lhe o rosto. Você abaixou os olhos e olhou para suas mãos, espalmadas no colo com as palmas voltadas para baixo. Você estava sentada encostada na árvore. Tinha a pele mais branca do que o pano funerário com o qual haviam envolvido seu cadáver e que se soltara do corpo e estava jogado do lado, todo embolado. Seu cabelo crescera novamente. Estava vermelho como o fogo, como você sempre quis que ele ficasse, e lhe caía até os ombros, escondendo seus seios. Abaixei os punhos lentamente e virei a cabeça para o outro lado enquanto um rubor me invadia o rosto. Você é tão bonita quanto eu sempre a imaginei. Por que eu não consegui nunca lhe dizer isso?

— Foi isso que aconteceu comigo?

— Não. Na verdade você sobreviveu à guerra. Foram nossos corações partidos que mataram você alguns dias depois.

— Conta uma história mais alegre. Você pintou na minha ausência?

Quis responder afirmativamente. Mas estava envergonhada demais para mentir.

— Não consegui pintar nada relacionado à arte durante a guerra. Era difícil demais. Bem que eu quis. Queria criar alguma coisa maravilhosa a ponto de mudar o mundo. Mas não consegui. Toda vez que tentava, minha cabeça dava um nó e eu ficava nauseada, achava que ia vomitar. Não sei se era o estresse ou se estava doente. Jogavam todo tipo de coisas em cima da gente. Talvez fossem as duas coisas.

— Sinto muito que você tenha tido esse bloqueio.

— Não. Não foi um bloqueio. Foi mais do que isso. Foi um desespero absoluto. Como eu podia pintar quando havia pessoas morrendo ao meu redor? Eu não conseguia pintar a morte. Não queria pintar a morte. Eu não queria dar à guerra uma importância maior do que ela já me impunha. Se pintasse a guerra estaria cedendo. De alguma forma eu estaria aceitando que poderia viver durante a guerra em uma espécie de seminormalidade. Confirmaria que a guerra pode ser aceitável. Eu estava quase com medo do que ela provocaria em mim. E se o quadro fosse bom? E se fosse a melhor coisa que eu já fiz?

Acho que agora entendo o que Tim quis me dizer em Nova York.

— O que é melhor? Viver no caos absoluto ou se deixar envolver pela ordem do Novo Mundo? Por um sistema em que as emoções puras são substituídas por batatas fritas e queijos franceses? Em que o amor se tornou um sexo anônimo e as pessoas esqueceram o que significa chorar? Em que as

pessoas riem depois de uma deixa? Um sistema em que uma pessoa em cada dez morre de um câncer incurável?
— E não há nada melhor entre os dois?
— Não sei.
Você fez uma pausa e depois olhou para mim. Agora estava escuro.
— Você não tem medo de ficar aqui no escuro?
— Nem percebi que o sol já havia desaparecido. Acho que estou com medo, sim. Ou pelo menos poderia estar, se começasse a pensar nisso.
Você me pediu para sentar ao seu lado. No início fiquei agradecida, porque sabia que me sentiria segura com você ao meu lado. Mas depois notei que você continuava nua e uma onda de vergonha me invadiu.
— Você não está com frio? — perguntei cobrindo seu corpo com meu lenço de seda.
— Não. Não muito. Você acredita que já estamos em novembro e não sinto frio? Não sinto nada. Talvez seja essa coisa de aquecimento global.
Ajoelhei-me e me deixei cair ao seu lado. Envolvi-a com meu lenço de seda. Eu queria perguntar uma coisa para você e o momento parecia ser bom. Segurei sua mão e acariciei-lhe o polegar com meu dedo indicador.
— Você me viu quando partiu? Eu estava no hospital do lado da sua cama e usava uma roupa cor-de-rosa para que você me visse quando partisse. Eu sabia que você partiria naquele dia. Tentei não chorar. Queria que você fosse embora feliz. Queria ser forte para você. Para que não se preocupasse comigo... conosco.
Seus olhos se arregalaram e você estendeu o braço para mim e me puxou para mais perto.
— Claro que vi.
Comecei a chorar. Eu soluçava como uma mãe que acabou de perder a filha. Chorei por você. Chorei por mim. Chorei por Beirute. Finalmente.

De acordo com a lua era meia-noite. Eu me agachara debaixo de uma amoreira. O ar estava fresco. As árvores refletiam uma luz pálida e reconfortante. Sorvi a beleza do momento. Eu me sentia tão grata por poder estar novamente com você. Não queria que aquilo terminasse. Queria abrir meu coração para você. Dizer tudo o que não conseguira dizer antes. Mas, em vez disso, meu olhar acompanhava o seu desaparecimento. Levantei-me e comecei a chamar seu nome como uma louca. Voltei correndo para o túmulo, mas você não estava. Percorri todo o cemitério arrancando os cabelos e gritando o seu nome. Chamei e chamei, mas você tinha ido embora.

A lua desaparecera e eu estava envolta em uma escuridão absoluta. Joguei-me sobre a pedra de mármore que cobria seu túmulo. O mesmo onde estavam sua tia, sua avó e seu avô. Deitei-me de costas e estendi os braços para o céu ameaçador. Não conseguia acreditar que perdera você pela segunda vez. Eu queria contar outras coisas para você.

Que enquanto você morria em Beirute eu morria junto com você.

Uma noite eles bombardearam nossas usinas elétricas e a cidade ficou sem luz. Então eu peguei o carro e fui até o mar. Segui as pequenas lamparinas a gás dos barcos dos pescadores, e elas me conduziram até a Corniche. Saltei do carro e caminhei até a água. O mar estava calmo, silencioso, quase inerte. A escuridão era tanta que eu não conseguia enxergar o horizonte. O mar e o horizonte eram um só. Fiquei com medo. Era como se eu tivesse caminhado para fora da Terra. Mas, ao mesmo tempo, era emocionante. De certa forma aquela escuridão me enchia de amor. Refleti sobre os nossos vizinhos que haviam causado aquilo. Nossos vizinhos que bombardeavam nossas usinas elétricas. E quis agradecer por algumas coisas. Por haverem colocado nossa cidade em estado de espera pelo tempo suficiente para que eu fizesse uma pausa e fosse ver o mar. A guerra me dava todo o tempo que eu precisava para refletir.

Refleti sobre a minha vida. Sobre minha família e meus amigos. Pensei no que faria amanhã. Se queria ter filhos ou não. O vento aumentara e soprava no meu cabelo. Eu me sentia muito bonita. As lágrimas rolaram pela minha face. Por que será que eu estava sempre chorando?

Típico, pensei comigo mesma. As mulheres árabes sempre choram por qualquer coisa. E por mais que eu tente e queira negar isso, chorar está no meu sangue.

— Não resista — murmurou o mar para mim.

Dei-lhe às costas e senti a espuma respingar no meu pescoço. Olhei para Beirute com olhos famintos. Não consegui encontrá-la. Não havia carros. Nem pessoas. Nenhuma luz. Meu carro começou a desaparecer. Fechei os olhos e senti uma onda de pânico me invadir. Comecei a contar de dez para trás. Inutilmente. Tentei novamente em inglês. Comecei a tremer. E então aconteceu... no espaço de um segundo o tempo comprimiu-se e dividiu-se em duas partes. Senti uma pressão enorme perpassar meu corpo. O som do ribombar de um trovão invadiu a minha cabeça. Minha garganta parecia que ia explodir. Meus ouvidos, como se vomitassem sangue. Beirute detonava bem diante dos meus olhos e eu ia morrer com ela. Agarrei-me à grade azul que me separava da água.

Fechei os olhos e uma luz branca inundou minha vista. Coloquei as mãos em concha por cima das orelhas e me abaixei, como se quisesse evitar um projétil imaginário. Imagens jorraram na minha mente. Vi parisienses tomando um *café au lait* em Paris. Vi nova-iorquinos batalhando seu espaço na Quinta Avenida em Nova York. Vi lagosianos agarrados nas portas de ônibus amarelos inclinados e superlotados em Lagos. Vi trens andando à velocidade da luz e aviões a jato cruzando o Universo. Vi cachorrinhos que aguardavam ser adotados. Vi uma recém-casada perder a virgindade. Vi uma adolescente perder o clitóris. Vi alguém virando hambúrgueres. Vi alguém segurando um revólver. E tudo terminou tão rápido quanto começou.

Tudo estava tão silencioso quanto antes. A escuridão retornara. Fora apenas mais um dos jatos dos nossos vizinhos invadindo nosso espaço aéreo. Apenas o ruído de mais um daqueles jatos rompendo a barreira do som. E partindo o meu coração.

Meu coração.

— Não resista — murmurou o mar. Dessa vez eu não resisti. Deixei-me cair no chão e chorei e chorei e gritei. Chorei para a escuridão e perguntei durante quanto tempo ainda teria de continuar vivendo com tanto medo. Quanto tempo mais nós, Beirute e eu, continuaríamos sendo violentadas assim.

Quando acordei hoje de manhã Mazen não estava ao meu lado.
Virei-me para o outro lado e a cama parecia estender-se por quilômetros infinitos. Os lençóis estavam levemente manchados de menstruações e baba de cachorro. Chamei-o, mas a resposta foi apenas o eco gélido das paredes de pedra calcária púrpura.

Fingi que não via o relógio em cima da mesinha de cabeceira, virei-me para o outro lado e perguntei-me se hoje teríamos luz e água. Precisava lavar os lençóis. Queria tomar um banho de chuveiro de água quente. Regar as minhas plantas. Ver as notícias na TV. Mandar alguns e-mails. Fazia calor. As janelas estavam fechadas. Para manter o barulho do lado de fora.

Peguei meu telefone celular. A bateria estava quase no fim, restavam apenas duas barras. Eu não o carregara durante a noite. Faltara luz. Eu queria ligar para Mazen para saber onde ele estava. Como ele conseguira sair tão furtivamente sem que eu o ouvisse? Nessa época dormíamos muito pouco por causa das bombas. Acho que ele deve ter ido embora quando eu, finalmente, consegui adormecer.

Comecei a levantar-me bem devagar. Minhas costas doíam de novo. Olhei para trás e vi Tapi, minha cadela, enroscada ao meu lado. As bombas a assustavam. Ela começara a dormir na nossa cama no início da guerra.

– Tapi. Sua cachorrinha boba. Todas as manhãs é a mesma coisa. Se for dividir a cama com a gente você não pode dar uma de um leitão gorducho! Olhe, estou quase caindo da cama. Você não pode ficar me empurrando desse jeito – ela olhou para mim com aqueles olhos carinhosos, estendeu as costas e bocejou. – Tapi, eu não estou brincando. Preciso dormir e não posso acordar todas as manhãs com as costas doendo. Preciso ficar esperta. Funcionando. Estamos em guerra.

Saí do quarto e inspecionei a casa. Acontecera alguma coisa enquanto dormia? Talvez Mazen estivesse no outro quarto. Tentei ligar o interruptor. Nada de luz. Fui até a cozinha. Precisaria arrumar um jeito para fazer algumas compras hoje. Nossas reservas se resumiam a duas garrafas de água, alguns pacotes de espaguete e um engradado de cerveja.

– Mazen! – chamei.
Nenhuma resposta.
– Mazen...
Silêncio.
Olhei para Tapi.
– Você sabe onde ele está?
Nenhuma resposta.

Saí para a varanda e o sol quase me cegou. O calor era intenso. Quase sufocante. Que horas seriam? Minhas plantas começavam a murchar. Era inevitável, eram vítimas inocentes. Durante uma guerra há sempre vítimas inocentes. Voltei para a cozinha, peguei uma garrafa de água e derramei um pouco na tigela de Tapi. Depois voltei para a varanda e pinguei algumas gotas no pé de manjericão, minha planta favorita. Sim, eu tinha uma favorita, e jurara que ela sobreviveria a essa guerra comigo. Voltei para o quarto, peguei o telefone celular. Dane-se. Apertei o código do número de Mazen.

– Onde é que você está? Depressa, a bateria está acabando.

– *Hayeti* meu amor, eu não quis acordar você, mas meu pai ligou. Estava tendo um ataque de pânico. Ele acha que deveríamos ir embora de Ashrafiyeh. Acredita que vai haver outra guerra civil. Está com medo de que os cristãos nos matem, há muitos deles nesse bairro.

Comecei a rir.

– É isso que acontece em uma guerra? As pessoas perdem a razão e a capacidade de raciocinar sobre as situações? Você lembrou a ele que dessa vez estamos sendo atacados por outro país?

– *Hayeti*, não fique assim. Você sabe como são os velhos. Eu só vou ficar aqui um pouco até eles se acalmarem. Parece que as bombas realmente fizeram muito barulho neste lado da cidade. Eles estão apenas um pouco assustados. Vejo você mais tarde? Dá um beijo em Tapi por mim. Amo você, tchau.

Arrastei-me de volta para a cama. Tapi me seguiu. Eu não tinha energia para viver mais um único dia daquele jeito. Pensei nos pais de Mazen. Mesmo agora nós ainda nos referimos a Beirute como Leste e Oeste. Embora a guerra civil que um dia havia dividido a cidade tivesse terminado há mais de quinze anos, nós não conseguíamos nos livrar do hábito de acreditar que cada religião deveria se manter no seu território. Apesar de não pertencer à religião que este lado da cidade deveria proteger, eu me sentia quente e segura na minha cama. O lar é onde está o coração.

Mazen e eu estávamos casados há dois anos. Quando nos casamos resolvemos morar em Ashrafiyeh, especialmente para provar uma questão, que os libaneses deveriam voltar a viver como um povo, e não divididos pela religião. Estávamos muito apaixonados e acreditávamos que nosso amor seria capaz de mudar o mundo. Apertei Tapi contra meu corpo.

Ao pé da cama havia dois copos de vinho. Eu parara de beber no início da guerra, mas na noite anterior não conseguira mais permanecer sóbria. Estava tão difícil adormecer que eu me drogara com vinho. Eu só precisava dormir. Pelo menos uma noite. A paranoia que começara a sentir devia-se somente à falta de sono. Com a guerra algumas coisas se tornavam tão repetitivas depois de um tempo que era possível esquecer como a vida era antes.

Tornara-se um padrão. O exército israelense entende de padrões. Eles são tão mecânicos e exatos quanto o mecanismo de um relógio. Bombardeavam-nos todas as noites. Bombardeavam o sul da cidade. Bombardeavam pontes e rodovias. Na noite anterior haviam acertado novamente o aeroporto. Perguntei-me se ainda restava alguma coisa lá para ser bombardeada. A gasolina escasseara por causa do novo bloqueio marítimo. Eles impediam a entrada de gasolina no país. Os carros se enfileiravam nos postos o dia inteiro e no final conseguiam algumas gotas para o tanque. Não havia gasolina suficiente para todos. Como é fisicamente possível virar um país de cabeça para baixo da noite para o dia?

Sou tão ingênua quando se trata das maravilhas da tecnologia moderna atual.

Isso significa que eu não posso mais dirigir em Beirute? Não posso mais ver meus amigos? Que meu destino é suportar sozinha essa guerra? Eu consigo lidar com os meus dias, mas o que acontecerá comigo de noite quando recomeçarem a jogar bombas? Quando as velas acabarem? Quando eu não puder mais fingir que ignoro as explosões ensurdecedoras? Eu não quero morrer sozinha.

Pensei em Mazen. Seu coração, tão imenso. Sempre querendo cuidar de todo mundo, menos de si mesmo. Ontem à noite ele disse que me amava. Fazia muito calor, tanto quanto pode fazer somente em uma noite pegajosa em Beirute. O jasmineiro debaixo da nossa varanda estava todo em flor. Seu perfume era pesado e sonhador, quase tão modesto quanto os lábios de Angelina Jolie. Tudo estava perfeito. O cheiro de café na sua pele. Seu cabelo escuro e os olhos cor de mel. A lua cheia. O jasmim. E as bombas. "Eu te amo, meu amor", sua respiração fazia cócegas na minha orelha.

Fazer amor enquanto outras pessoas estão morrendo é correto.

É correto fazer amor quando crianças estão sendo assassinadas por bombas. Por bombas de fósforo que lhes queimam a pele. Por bombas de fósforo que marcam para sempre quem consegue sobreviver a elas.

As pessoas me perguntam por que não tenho filhos. Estou com trinta anos e aqui, nesta ferida aberta que é o Oriente Médio, elas acham que se não tenho filhos é porque sou maluca, estéril ou tenho problemas com meu marido.

Eu não tenho filhos porque tenho medo de ter filhos. Tenho medo de morrer e deixá-los aqui sozinhos. Tenho medo de que o aquecimento global os devore. Tenho medo de outra guerra e outra catástrofe. Sim, um jato israelense que invadisse nosso espaço poderia reduzi-los a pedacinhos. Sim, eles poderiam encomendar outro "Big J". Usar o vírus Ebola, o vírus do oeste do Nilo, da malária ou da coqueluche. Tudo isso poderia acontecer, e mais.

BEIRUTE, EU TE AMO:
UM RELATO

Quando percebi que a falta de luz, água e gasolina continuaria, fui atrás de uma bicicleta. Caminhei durante alguns quilômetros na direção do centro de Ashrafiyeh. As ruas estavam desertas. A maioria das venezianas das janelas de madeira tinham sido fechadas. Vários vizinhos haviam abandonado a cidade, refugiando-se em casas nas montanhas. Parecia surreal. Mais um daqueles filmes de Hollywood. Lembrei-me daquela cena do livro de Stephen King, quando morrem todos os habitantes do planeta, com exceção de um punhado. Os sobreviventes entravam nas lojas e pegavam tudo o que queriam. Legal. Mas aqui era Beirute, e a realidade das ruas desertas era horrível. Aqui as evacuações acontecem o tempo todo. As pessoas trancam as lojas com cadeados, sabendo que voltarão um dia. Saquear os negócios não seria uma boa ideia.

Quando cheguei ao centro encontrei algumas lojas abertas. Suspirei aliviada quando vi que a loja de bicicletas estava funcionando. Eu teria ficado muito desapontada se tivesse caminhado tanto para nada. Porém parecia que eu não era a única que tivera essa ideia brilhante. Dentro da loja havia mais duas pessoas.

— Olá, Ramzi — cumprimentei o dono com um aceno de mão quando entrei na loja. — Parece que os negócios estão indo de vento em popa — ele ficou em dúvida se eu estava brincando ou se o havia insultado, e isso me deixou contrangida. — Desculpe, o que eu quis dizer é que com essa falta de gasolina no país as pessoas se deram conta das vantagens de andar de bicicleta. Bom, pelo menos agora teremos uma cidade despoluída.

— Você não deveria comprar uma bicicleta somente porque há uma guerra. Um dia ela vai acabar. Espero que não pretenda gastar todo o seu dinheiro com uma coisa que usará apenas uma ou duas semanas — respondeu Ramzi muito pragmático.

— Oh, não, não, eu quero ficar em forma. Ora, agora é um momento como qualquer outro.

O que eu estava fazendo, mentindo para Ramzi daquele jeito? Ele é o único libanês que escalou o Monte Everest. E daqui a um mês ele devia partir de Beirute para escalar o K2, a última montanha do seu desafio dos sete cumes. Como eu podia mentir para um homem desses? Andei pela loja e examinei as bicicletas. Todas eram tão *high-tech*. E eu estava envergonhada demais para pedir ajuda. Nos fundos da loja deparei-me com uma enorme fotografia colorida. Era um homem vestido em um blusão vermelho, com o rosto encoberto por um gorro balaclava preto, segurando a bandeira do Líbano.

— Ramzi, esse aqui é você no Everest?

— É sim. Eu não podia tirar o gorro. Seria muito perigoso. Não vale a pena arriscar-se por certas coisas. O desafio não era ganhar fama com a fotografia do meu rosto, e sim escalar a montanha.

— É verdade. Você tem razão. Deve ter sido um momento maravilhoso.

— E foi. Mas eu também entendi que foi apenas um dos momentos maravilhosos que eu ainda teria pela frente. A vida é o que se faz dela. Essa guerra não é nada. Ela veio e irá embora. A pessoa não pode perder de vista seu objetivo, não pode permitir que eventos externos mandem nela. Se eu permitisse, jamais teria chegado no topo da montanha. Os desafios eram muitos e inesperados. Mas eu não perdi de vista o meu objetivo e acreditei que chegaria no topo. O resto era uma distração com a qual não valia a pena perder meu tempo.

— Você tem razão. Eu queria ser tão forte quanto você.

Ramzi deu um risadinha.

— Eu só espero que o aeroporto reabra logo e eu possa viajar. Senão, vou pegar uma carona até a Síria, e lá embarco em um avião. Nada vai me impedir de completar o meu desafio.

Depois do discurso impressionante de Ramzi perdi a vontade de andar de bicicleta. Todas eram muito complicadas, tinham marchas demais. Como eu conseguiria passar por essa guerra se não conseguia sequer escolher uma bicicleta? Por que tudo precisava ser tão complicado?

Tirei meu celular da bolsa. Continuava nas duas barras. Decidi arriscar e ligar para meu irmão Nemo. Pedi-lhe que se encontrasse comigo na loja.

— O quê? Você quer que eu percorra toda essa distância até aí? Você ficou maluca? Eu não vou gastar minha gasolina só por isso.

— Nemo, por favor, eu realmente estou precisando de ajuda. Não é nada complicado, e eu sei que se não comprar a bicicleta vou ter um troço. Por favor, entenda, é apenas algo que eu preciso fazer. Eu só preciso terminar uma coisa hoje. Por favor?

— Está bem. Desliga. Não gasta a bateria com isso. Vou ver se consigo um táxi. Espera vinte minutos. Se eu não aparecer, volta para casa e esquece a bicicleta.

Exatamente vinte minutos depois, Nadim apareceu em um táxi caindo aos pedaços. Ficou discutindo com o motorista que, pelo visto, tentava extorquir seu dinheiro.

— Dez dólares é mais do que suficiente. Você sabe que a corrida não devia passar de três!

— É a guerra. Preciso alimentar minha família. E você me fez dirigir pela zona leste de Beirute. Ainda não sabe? Estão dizendo que vai haver uma guerra civil.

— Você ficou maluco? São os israelenses que estão nos atacando. Toma vinte e some daqui.

E o taxista sumiu.

— Olá, Ramzi. Oi, Zee!

Nadim entrou todo empertigado, muito orgulhoso de si. Ele calculara que teria de pagar cinquenta dólares pela corrida.

— Que tipo de bicicleta posso comprar para minha irmã por trinta dólares?

Os três riram e Ramzi nos acompanhou pela loja. Tudo parecia tão complicado. Havia tantas marchas e correntes. O que havia acontecido com aqueles dias quando a gente escolhia uma bicicleta pela cor? Para onde tinham ido todas as bicicletas cor-de-rosa? Eu desisti, e Nadim acabou comprando a bicicleta sozinho. Uma com um monte de marchas e correntes. Ele achara brilhante a ideia de andar de bicicleta debaixo das bombas. Saímos da loja felizes. Meu irmão radiante na bicicleta novinha e eu alegre com aquela imagem engraçada dele montado na sua bicicleta e se desviando das bombas.

Pulei na traseira e ele começou a pedalar em pé. Andamos pelas ruas de Beirute, e eu me sentia como se estivesse em um daqueles filmes italianos antigos em preto e branco. Meu cabelo esvoaçava ao vento... as poucas pessoas que ousavam sair para a rua apontavam para nós e riam... foi bom durante um tempo. Esqueci a guerra. Essa era a Beirute que eu conhecia e amava tanto. Era bom amar Beirute novamente. Eu só queria usufruir aquele momento. Afastei as bombas da minha mente. Pelo menos por uma tarde.

Olhei para meu irmão que pedalava sem parar. O topo da sua cabeça começava a ficar careca. Ele agora estava muito parecido com papai. Fui tomada por uma tristeza doce. Eu tinha saudade da nossa infância. Nadim pedalava sem parar, levando-me para ainda mais longe da minha parte de Beirute, mas eu me sentia segura e protegida. Como uma águia, ele mergulhara do céu para me salvar e levar-me de volta para casa, para a minha família. Eu sentia o cheiro do suor que escorria pelas suas costas e me perguntei se eu também teria o mesmo cheiro. Será que as famílias têm o mesmo cheiro? Nossa diferença de idade era de apenas onze meses. Perguntei-me se teríamos fígados e rins idênticos. Perguntei-me até que ponto éramos idênticos por dentro.

Eu podia ouvir seu coração bater acelerado e forte enquanto ele se esforçava por causa do peso na traseira. Podia ver seus olhos se apertando para evitar o brilho do sol mediterrâneo. Eu queria chorar de tanta felicidade. Havia esquecido como era bom sentir calor. Enquanto o peso do seu corpo balançava de um lado para o outro fechei os olhos para não ver o ritmo dos seus movimentos e comecei a rememorar nossa infância na África, onde andávamos de bicicleta o tempo todo. Lembrei-me de como costumávamos sair de bicicleta debaixo da chuva torrencial e pedalar pelas estradas de terra transformadas em rios. Apostávamos quem chegaria primeiro enquanto tentávamos forçar nossa passagem pela correnteza que aumentava de volume. Os esgotos dos dois lados da estrada transbordavam e tornava-se impossível diferenciá-los da estrada. Apostávamos qual dos dois conseguiria pedalar mais rápido antes de cair nos esgotos a céu aberto.

– Olhe, Zena, mais pessoas estão indo embora.

Nadim parou a bicicleta. Havíamos chegado na Corniche.

Saltei da bicicleta e encostei-me na grade azul de metal. Abri os olhos para o mar Mediterrâneo. Havia três navios ancorados no porto. Um era um gigantesco navio branco de turismo, e os dois outros eram navios de guerra cinzentos. Eu mal conseguia enxergar as bandeirolas francesas nos mastros. Os libaneses que não queriam aguardar o fim da guerra estavam subindo a bordo. Não queriam saber do resultado. Não confiavam no seu país. Eles já haviam sido traídos antes.

– Nemo, eu acho que somos os únicos que sobraram. Talvez devêssemos partir também. Nós não estávamos aqui durante a guerra civil, desconhecemos a realidade. A realidade da guerra. Talvez estejamos tomando a decisão errada se ficarmos. Não temos a menor ideia do que realmente aconteceu. E se a guerra nunca acabar? E se um dia decidirmos ir embora e descobrirmos que não há mais barcos?

– Eu realmente não sei... pensei que você queria ficar.

– Eu quero. Não sei por quê, mas quero. Sinto que nunca mais conseguirei voltar se for embora agora. E essa ideia me assusta mais do que a morte. De qualquer forma, Tapi não poderá vir comigo e não vou deixá-la aqui. Maya está doente, precisa de mim. Eu preciso dela. Mamãe nunca deixará Beirute. Nem Lana.

– Você arriscaria sua vida por uma cadela?

– Minha cadela. Minha melhor amiga. Minha família. Todos eles, sim. Sim, acho que sim. Nemo, olhe para nós. Olhe realmente para nós. Olhe para esse mar. O que há, além disso? Nossa vida é isso. É a nossa realidade. Não somos como os nova-iorquinos que trabalham em prédios de cem andares. Não somos como os chineses, que estão começando a adquirir poder econômico. Somos libaneses presos em uma armadilha do tempo. A guerra sempre existiu. A guerra sempre existirá. Sempre foi assim. Os romanos ancoravam neste porto e daqui zarpavam. Alexandre esteve aqui. Aníbal esteve aqui. Napoleão.

Rumsfeld e Rice. São todos iguais. Nossa posição é delicada e estamos destinados ao fracasso. A gente só precisa se habituar. Cada um quer um pedaço do Líbano, e os libaneses querem ser como todos os outros... estamos em um impasse.

— Sei lá. Estou com fome. Vamos para casa.

Quando chegamos em casa, fedorentos e suados, corri para abraçar meus pais. Eu não tinha me dado conta do quanto sentira sua falta.

— Zena, por que não fica aqui até essa guerra idiota terminar?

Os olhos de mamãe pareciam cansados. Sophia Loren havia sido traída. Que Deus nos perdoe.

Eu queria dizer sim, sim, sim. Não queria que mamãe estivesse naquela situação. Ela merecia a ilha de Capri e óculos de sol Chanel. Merecia as coisas simples da vida e a possibilidade de uma melhoria gratuita. O amanhecer glorioso por detrás de melões com gosto de mel e um arrepio quente do vento no seu cabelo enquanto olhava amorosamente e com um útero fértil para papai.

Mas, em vez disso, respondi:

— Mamãe, não podemos passar a vida inteira com medo. Quem sabe quando essa guerra acabará? Não se preocupe. Eu estou muito bem onde estou. Não podemos nos esconder. Não podemos mostrar para eles que temos medo.

Eu sabia que ela acreditava em tudo o que eu dizia porque ela também não estava disposta a ir embora. Ela só queria me apertar entre seus braços.

E eu queria me esconder no seu abraço e ficar ali para sempre. Mas esse meu orgulho imbecil, que sempre atrapalhava a minha vida, me fazia querer dar a impressão de ser forte. Eu queria mostrar a ela que se ela conseguira sobreviver a uma guerra há trinta anos eu também conseguiria. Que bobagem. Tão inacreditavelmente idiota.

Nadim colocou o braço em volta dos ombros de mamãe.

— Não se preocupe, mamãe, quando sentir saudades dela eu a trarei de bicicleta outra vez. Sabe, agora não precisamos mais de gasolina para nada. Além disso, não há perigo porque os israelenses não conseguem me detectar quando ando de bicicleta.

Meu irmão é a pessoa mais engraçada que eu conheço. Tempos atrás, pouco antes de nos mudarmos para Beirute, ele teve uma conversa comigo. Pediu-me que não deixasse a cidade atrapalhar a minha cabeça, me enlouquecer.

— Você sabe como são essas pessoas de Beirute. São todos uns doidos, por causa da guerra. A guerra não é a única coisa capaz de enlouquecer. A família também enlouquece as pessoas. A família está bem ali, o tempo todo. É demais. São as tias, os primos, os tios, os avós, os amigos da família, a família que mora nas montanhas e a família que mora na Síria. Zena, eles enlouquecem as pessoas, prometa que não vai enlouquecer também. Prometi que não perderia a razão. Que eu jamais me permitiria me acomodar demais com a ideia da guerra. Acomodar-me demais com a ideia, porque temos de fazer vista grossa para muita coisa se quisermos sobreviver a anos e anos de derramamento de sangue e destruição. Precisamos ser capazes de sair para comprar verduras, apesar da possibilidade de o nosso carro ser explodido. Precisamos ser capazes também de sair e visitar nossos amigos, de manter um tipo de vida social decente, porque do contrário acabaremos falando com as paredes de blocos de concreto cinza. Precisamos ser capazes de sair para tomar um café ou um drinque e de nos convencermos de que morreremos se não assistirmos a um episódio de *Sex and the city*, porque se optarmos por viver sem isso vamos nos dar mal. O mundo inteiro segue em frente e ninguém quer ficar para trás. Quando as pessoas lá fora trocarem o isopor pelo papel queremos poder fazer o mesmo. Quando os tons pastel não estão mais na moda na TV nós queremos descartar os nossos.

Quando percebemos que ninguém mais usa ombros almofadados queremos nos desfazer das nossas roupas antiquadas. Com os homens na TV ficando cada vez mais femininos, queremos que nossos maridos sigam a moda, que sejam um pai caseiro, que contem piadas sobre seu excesso de peso e os trabalhos domésticos e que, no final do dia, tomem umas cervejas com os amigos, sem deixar de caber em um maravilhoso paletó de veludo Tom Ford Gucci.

Naquela noite mamãe preparou um grande banquete. Sentamo-nos à mesa de jantar. Todos estavam lá, no meio daquela festança. Bebemos vinho. Ignoramos as bombas. Entendemos que já que íamos morrer, pelo menos estávamos juntos, e de barriga cheia. Eu me sentia como em um daqueles filmes sobre a Segunda Guerra Mundial, uma família judia rica senta-se em volta da mesa para jantar quando, de repente, a Gestapo entra e começa a atirar. Vi copos de cristal se estilhaçarem, minha irmã agarrar os cachorros e esconder-se debaixo da mesa, meu pai levar um tiro e o sangue vermelho empapar sua camisa branca de linho, minha mãe gritar histérica. Vi meus irmãos se levantarem da mesa com um pulo e lutarem com os homens armados.

Pisquei os olhos e afastei as imagens para longe. Naquela noite eu queria ser feliz para meus pais. Não queria que se preocupassem comigo. Havia muito tempo que não jantávamos assim, todos juntos. Tentei gravar cada detalhe daquela noite porque talvez um dia eu teria de recriar essa segurança para meus filhos.

Outra guerra virá e meus filhos passarão por ela, quer eu queira ou não. É a realidade libanesa.

15

Estamos cansados.
Nosso último verão terminou há quase um ano. No entanto, as bombas continuam ativas. Dessa vez elas provêm do nosso próprio quintal. Políticos e jornalistas estão sendo assassinados e o país inteiro está dividido, tentando decidir quem está por trás de tudo isso. O país está literalmente partido em dois, e teme-se a explosão de uma nova guerra civil.

Os assassinados: políticos (e seus guarda-costas que por acaso estavam nas proximidades), jornalistas, espectadores ou civis inocentes que estavam no lugar errado na hora errada.

O método: carros-bomba.

Os criminosos: desconhecidos.

Conclusão: estamos todos fodidos.

Não fiquei nem um pouco impressionada quando os primeiros carros-bomba explodiram.

O primeiro foi na periferia do meu bairro. Estávamos em casa, comendo sushi, quando ouvi um grande estrondo e o barulho das janelas estremecendo.

– Foi uma bomba, não foi? – perguntei a Mazen, sem medo nos olhos.

Eu estava surpresa. Há meses que não ouvia nada parecido. Há meses, desde aquela guerra daquele verão interminável, mas ainda assim reconheci o estrondo.

– Não. Não. Fica calma, são só fogos de artifício.

– Mazen. Está tudo bem, você não precisa mentir para mim. Se sobrevivi à última guerra vou sobreviver a esta também. Não temos escolha, não é mesmo? Mas, por favor, não minta. No verão passado cheguei à conclusão de que, se quiser morar aqui, preciso estar preparada para a realidade desta vida. Sou outra pessoa agora. Não me importo com mais nada. E não tenho medo de morrer. Agora entendo que vou morrer mesmo. Como meu marido. Minha família. Mamãe. Papai. Tapi. Meus filhos. É a vida.

A vida sem Maya. Tenho a impressão de que mesmo durante a guerra a vida parecia ser um pouco melhor. Porque havia Maya.

Lembro um dia, lá pela metade da guerra do verão, quando Maya e eu decidimos quebrar a regra e sair de casa para ir à praia. Precisávamos sair de casa um pouco. Àquela altura, já havíamos descoberto que os bombardeios israelenses tinham um padrão. Dentro da imbecilidade da guerra havia um pequeno sistema confiável que emergia: das 15h00 às 18h00. Era quando eles faziam uma pausa.

– Nós só precisamos ter certeza de estar em casa antes que escureça, porque é quando recomeçam a bombardear Dahiyeh – avisou Maya. – Dane-se! Eu não vou permitir que estraguem todo o meu verão. Como se a radioterapia já não fosse estressante o suficiente. Se o verão terminar sem termos ido à praia pelo menos uma vez, eu vou me alistar no Hezbollah e começar a lutar contra eles.

Achamos que o lugar mais seguro seria o Hotel Movenpick, que ficava do lado dos infames rochedos do Pombo. Todos os jornalistas ficavam hospedados ali e dali transmitiam suas reportagens. A praia não era grande coisa, e nos contentamos em dar um mergulho na piscina do hotel. Nosso único receio era de que não nos deixassem entrar por causa da forte segurança.

Saí de casa às 15h00 em ponto e fui buscar Maya na casa dela. Ela me esperava debaixo do toldo da entrada do prédio. Seu lenço de seda estava amarrado desleixadamente na cabeça. Ela parecia um pouco preocupada, o que era compreensível. Maya, jovem e divorciada, com cicatrizes na região lombar por causa da radioterapia, careca por causa da quimioterapia, tinha todo o direito de estar um pouco preocupada porque ia sair para ir à praia no meio de uma guerra.

— *Yalla*, simbora rapaziada! — seu sotaque de Mr. T encheu o carro enquanto ela entrava rapidamente e me abraçava.

— É isso aí. E vamos achar um jornalista estrangeiro bem gostosão para você.

Maya voltou-se para mim e sorriu.

— Você quer ver uma coisa muito legal?

Ela apertou o botão que abria o teto solar do meu carro conversível Smart. Assim que o teto solar se abriu totalmente ela pulou em cima do encosto do assento, ficou em pé, colocou uma parte do corpo para fora e arrancou o lenço de seda da cabeça.

— Tada! Olhe, Beirute! Olhe para mim agora!

Eu, que dirigia o mais rápido possível, virei a cabeça e olhei para ela. Através da abertura e do ofuscamento do sol de verão vi que Maya usava uma touca de banho azul-clara decorada com margaridas. Um presente que eu havia dado a ela há dez anos. Eu não conseguia acreditar que ela ainda tinha aquela touca.

— Ninguém precisa ver a minha careca de merda! — gritou ela para Beirute e depois se deixou cair no banco de passageiros, os olhos marejados de lágrimas. Eu não tinha certeza se ela estava chorando ou se era apenas o vento nos olhos. Não perguntei.

Chegamos inteiras ao hotel e por um milagre nos deram permissão para dar um mergulho na piscina. O segurança deve ter pensado que éramos duas prostitutas que o hotel chamara para um dos hóspedes.

Sem nenhuma vergonha das cicatrizes, Maya tirou a calça comprida e mergulhou na água. Descalcei as sandálias e a segui. Era o paraíso. Boiamos de costas em silêncio durante um momento. Era muito bom. O silêncio era muito bom. Alguns minutos depois o vento empurrou nossos corpos e nos aproximou. Senti seu cotovelo roçar minha cintura. Segurei sua mão para não virarmos de repente.

— Maya, cara, você sabe que se quisesse poderia ter qualquer homem aqui? Os estrangeiros adoram as mulheres divorciadas libanesas. Eles sabem que você já perdeu a virgindade, então automaticamente se sentem atraídos, porque acreditam que você irá às últimas consequências.

Maya deu uma risadinha silenciosa, e continuamos boiando. Era a primeira vez que nos divertíamos desde que ela iniciara a quimioterapia.

Continuamos boiando.

Isso foi há um ano.

Agora temos uma nova guerra. No espaço de um mês caíram seis bombas em várias partes da cidade. Eles criaram um novo padrão. Uma bomba explode. Você fica sabendo, de um jeito ou de outro, ou você a ouve ou alguém liga para você querendo certificar-se de que você está bem. Eu soube da última por um amigo que mora no Iêmen. Ele mandou uma mensagem para o meu celular. Corri para ligar a TV e lá estava: uma explosão bem ao lado da casa dos meus pais. Eu não fazia a menor ideia desse acontecimento. Meia hora antes eu estava na varanda regando as plantas. Não ouvi nada. Naquele dia o vento soprava na direção contrária.

Quando uma bomba explode em Beirute, nossa primeira reação é pegar o telefone, ligar para a pessoa que amamos e nos certificarmos de que está tudo bem com ela. Depois ligamos para os nossos pais. Depois para os amigos que moram na área onde a bomba explodiu. Já que todos os que têm telefone ligam ao mesmo tempo, em geral completar uma ligação é tecnicamente difícil, e emocionalmente tão estressante quanto uma provação. Até conseguirmos falar com alguém, o pânico já se apoderou de nós e nossa imaginação vai a mil.

E se Nemo estava passando de carro na estrada perto do lugar onde a bomba explodiu? Ele sempre passa por ali. E se ele estava dirigindo naquele minuto? Por que ele não atende o telefone?

E se Lana estava na praia perto dali? Ela sempre vai àquela praia. Ela havia dito que ia à praia hoje. E se ela estava naquela praia? Por que ela não atendia o telefone?

E Sara, a irmã de Maya, morava bem ao lado do lugar onde a bomba explodiu. Ela teria ouvido a explosão? Claro que ouviu; a explosão aconteceu perto da sua rua. Por que ela não atendia o telefone? Por que a mãe dela não atendia o telefone?

Liguei para minha irmã sem parar de assistir ao noticiário da TV. Vi a polícia e o exército caminhando no meio dos escombros. Eles ouviriam o telefone da minha irmã e o apanhariam? Liguei e esperei que alguém do canal de TV respondesse ao chamado.

Estou cansada. Por quanto tempo ainda eles querem que lutemos? Que enfrentemos esse valentão? E se esse valentão for tão imenso que é impossível enxergá-lo por inteiro? Que só podemos ver um braço ou uma perna de relance e nos preocuparmos porque ele é imenso ou complexo demais? E se esse agente provocador for especializado em nos enganar? Se ele for capaz de nos fazer acreditar em uma coisa e depois, quando menos esperarmos, nos atacar duramente por trás? Com um golpe que nos fará cair de joelhos. Que nos fará ficar sem ar, rolando pelo chão, e talvez acabar em um mar do nosso próprio vômito.

Eu não sou Super-Homem. Não sou Tarzan. Beirute e eu já rachamos e nos reconstruímos muitas vezes antes. Mesmo assim, como vou saber durante quanto tempo ainda poderei continuar assim? Durante quanto tempo isso vai continuar assim?

Beirute, eu quero tantas coisas de você. Você me dá um pouco, mas em troca exige demais de mim.

Maya. Não tenho medo de morrer. De alguma forma conseguiremos viver nosso sonho. Duas mulheres senis de 28 anos, corcundas, sentadas em uma varanda com chapéus engraçados na cabeça, bebendo vodca com suco de laranja, ouvindo Dino, fazendo piadas e usando vestidos de seda de bolinhas. Eu estarei lá na varanda. Você também estará, de alguma maneira. Eu estarei à sua espera.

Lembro-me do dia em que a grande guerra acabou, no verão passado. Maya ligou e gritou tão alto quanto era capaz: "*Acabou!*". Ela ria histericamente. Comecei a chorar e a rir ao mesmo tempo. Lembro também que o telefone não parava de escorregar do meu ouvido porque estava coberto de muco e lágrimas. Eu não conseguia parar de chorar e rir. Eu via Maya através do telefone. Ela estava em casa, deitada no sofá, e acompanhava as notícias pela TV. Seu cabelo maravilhoso começava a crescer novamente. Ela parecia um patinho recém-nascido, com uma penugem finíssima. Usava sua camiseta turquesa favorita com os dizeres: "Eu Amo Falafel". Ela emagrecera tanto por causa da quimioterapia que a pele dos braços ficara pendurada. A calça do pijama cor-de-rosa escorregava abaixo dos quadris. Meses antes, quando soube que não sairia de casa tão cedo, ela parara de usar sutiã. Enquanto gritava "*Acabou!*", Maya pulava em cima do sofá, para cima e para baixo. Abanava os braços e as mãos no ar. Tudo isso eu conseguia imaginar através do telefone. Ela estava tão engraçada com sua linda careca. Não conseguíamos parar de rir.

Como é que uma guerra *acaba*? Como é que pura e simplesmente ela *acaba*? Será que a guerra é como uma máquina? Basta desligá-la? Como se controla a raiva de um homem? Como ter certeza de que ele tirou o dedo do gatilho? Como esse homem é capaz de atirar sem nenhum remorso em um momento, ficar silencioso no outro e ir fazer amor com seus inimigos no dia seguinte? Como avisá-lo de que a guerra acabou se ele ainda está nas trincheiras? Como ele sabe quando é hora de parar de atirar? A ordem de cessar-fogo é como a voz de Deus? De repente começa a chover lá do céu com uma força tremenda para que o mundo inteiro ouça? Lava seu coração e faz você esquecer? O que acontece no dia seguinte ao cessar-fogo? O que você faz? Para onde vai? Será que seu bar favorito está funcionando? Será que você voltará a trabalhar? Quem vai querer comprar seus quadros? Você conseguirá assistir sem culpa a reprises de filmes? Encontrará um novo objetivo para a sua vida? Um objetivo que tenha algum significado? Um objetivo pelo qual valha a pena viver?

Guerra do verão de 2006: Blog de Zena
13 de agosto de 2006   2h41

véspera do cessar-fogo, minhas emoções estão confusas.
sinto-me grata pelo fato de as coisas estarem terminando.
contudo, ainda temos trabalho de verdade pela frente. não se trata apenas de reconstruir vidas, o país e os estados de ânimo, mas também de seguir em frente de forma positiva por todos os lados. a guerra instila o ódio nas pessoas, e como seres humanos nós... precisamos nos certificar para não cairmos no ciclo vicioso do ódio, devemos estar acima das políticas e falar como cidadãos da maravilhosa Mãe Terra. eu não acredito que nascemos para odiar, acredito que o ódio seja provocado pelo medo, pela violência, pela opressão e pelos mal-entendidos.
ninguém deveria viver com medo; ninguém deveria estar sujeito à violência.
atualmente parece que a violência e o medo governam nossa vida, estão na programação da TV e nas notícias de toda a imprensa... mas não devemos permitir isso. é um disfarce usado pelas pessoas que visam a seus próprios lucros egoístas, a realidade da vida é o amor e não o medo, não devemos nos esquecer disso, precisamos lembrar que a vida é maravilhosa... que é como as possibilidades infinitas da juventude... o primeiro beijo... lembram-se da cena do filme *The Matrix* (o terceiro), bem no final, quando Neo e Trinity entram na Máquina do Mundo... estão pilotando o avião de mãos dadas... o amor os guia através

da zona de guerra, depois eles sobem vertiginosamente para o céu, afastam-se da escuridão, penetram nas nuvens carregadas de eletricidade... lutando pela sua vida... então, de repente, saem da turbulência e veem a Terra como ela realmente é: céus límpidos e maravilhosos... e Trinity diz: "é linda".
eu me pergunto se nós também somos capazes disso.

se há uma coisa que aprendi neste ultimo mês é como a vida é preciosa, toda a sua vida pode mudar em um segundo, em um dia eu estava despendurando alguns quadros das paredes de uma galeria de arte para mandá-los de volta para seus donos... na manhã seguinte nosso aeroporto foi bombardeado e estávamos em guerra. Sem mais nem menos.

a vida é tão preciosa.

Um dia, logo depois do cessar-fogo de 2006, Maya decidiu que não aguentava mais. Ela se dera conta de que apesar de a guerra ter terminado, nada mudara realmente. Havia muito estresse. O estômago era um nó, os ataques de ansiedade, o medo do instante em que tudo recomeçaria. A primeira vez havia sido tão fácil; poderia ser muito fácil na próxima também. Os pesadelos começaram a jorrar. Aquelas pessoas que finalmente conseguiam dormir descobriram que os terrores do mundo dos sonhos eram piores do que a realidade. O desejo de uma boa noite de sono desaparecera. A realidade se compunha de pontes e prédios destruídos. Os sonhos eram habitados por todos os mortos.

Maya não se deixou enganar por Beirute e percebeu que tudo não passava de uma farsa. Ela se desiludiu quando começaram os enterros em massa dos que haviam morrido na guerra. Quando todos os corpos putrefatos que haviam sido abandonados encontraram enfim a paz. Ela se confrontou com a realidade quando os habitantes amargurados e cansados, que viviam um sonho fabricado, começaram a ser lentamente contagiados por todos os novos vírus que rondavam a cidade, provenientes das toxinas emanadas dos prédios destruídos e dos corpos em putrefação.

Ela viu que Beirute não passava de um peão de um jogo muito maior. Que sempre seríamos seu exército, quiséssemos ou não. Que aqui nunca teríamos controle absoluto sobre a nossa existência. Beirute é uma filha da puta e todos querem a parte que lhes cabe.

O vazamento de óleo. A nuvem formada pelo óleo em chamas que cobrira Beirute durante três semanas acomodara-se nos pulmões de Maya. Nossos vizinhos conseguiram assassinar minha melhor amiga sem sequer apontar uma arma para o seu rosto. Quem seria o próximo? Eles saberiam que também estão envenenados? E o pobre mar Mediterrâneo, que amamos tanto? Por que vocês o marcaram com uma cicatriz com seu óleo em chamas? Eu não percebi que Maya estava morrendo. Ela estava em casa enquanto eu tentava limpar o óleo das praias. Eu respirava os gases e ela os expirava por mim. Ela absorvia as toxinas que abriam caminho no meu corpo. Ela as eliminou do meu corpo para que eu vivesse. Eu deveria estar sentada bem ao lado dela. Aconchegada nos seus braços, assistindo a reprises de filmes. Algo, porém, me mantinha afastada dela. Talvez eu soubesse que ela estava morrendo. Talvez fosse o jeito da natureza. Talvez eu apenas não quisesse enfrentar a realidade. Talvez fosse mais fácil mergulhar no trabalho e criar um sonho no qual eu resolveria os problemas do meio ambiente do Líbano.

Estes são os primeiros meses de junho, julho e agosto que passo sem Maya. Eu me pergunto quanto tempo ainda tenho de vida. Penso na minha história. Nos meus avós e nas suas dificuldades no Novo Mundo. Na esquizofrenia e nos desapontamentos que senti ao longo das minhas várias vidas por causa da Amreeka. Na sensação de estar me afogando no meio do Oceano Atlântico. Na minha tia-avó, a espiã de tão péssima reputação. Na minha avó, a quem certa vez sequestraram na aldeia. Na minha mãe, que certa vez queimou seu vestido. E na minha irmã, a lutadora paramilitar pela liberdade. Nos meus amigos devoradores de pílulas. Nos meus homens gentis e perturbados.

Não posso deixar de sentir que sou parte de algo muito maior do que essa prostituta a quem chamamos de Beirute. Que Beirute talvez não seja o que parece. Que daqui a alguns anos alguém lerá estas palavras e não conseguirá mais achar Beirute no mapa. Ela será a cidade perdida de Atlântida. Beirute reconstruiu-se sete vezes, mas até quando continuará essa farsa? Um dia tudo terminará. E quando terminar será maravilhoso.

Caminharei pela praia. Estará limpa. Maya estará lá, à minha espera. Sentaremos na areia e olharemos para o último pôr do sol. Depois, quando amanhecer, meu bisavô Nassif emergirá do mar e pegará minha mão. Pedirá desculpas por tê-la largado na primeira vez e prometerá que nunca mais o fará. Caminharemos para a água e não sentirei medo. Qualquer coisa é melhor do que a guerra. Até a morte.

Beirute é grande demais para usar um vestido de noiva.
Ela não pode viver para sempre.
Beirute, eu te amo.

— Por que você não tem filhos?
Ela finalmente rompeu seu silêncio.
Eu passara uma boa meia hora lhe
mostrando a exposição dos meus
quadros. Explicando por que eu usava
materiais pintados com tinta *glitter* e
não aceitava que meu trabalho fosse
rotulado de *kitsch* apenas porque
eu usava esse tipo de tinta. Que eu
descobrira através de um amigo que
o brilho é como Deus. O brilho reflete
a luz.

Caminhávamos pela instalação quando ela finalmente decidiu falar comigo. Eu conseguira que ela tirasse os sapatos. Não sabia se devia ousar e pedir-lhe para ficar descalça – as mulheres têm medo de mostrar qualquer defeito corporal, mas, como podem imaginar, eu esperava que seus dedos dos pés estivessem intatos e cheirando a rosas podadas naquele dia.

A instalação era um santuário dedicado à guerra civil libanesa. Ela se compunha de luzes coloridas, incenso, tecidos cor-de-rosa, púrpura e dourados, e materiais pintados com *glitter*. Como se fosse um altar em tamanho natural para o Dia dos Mortos. No centro da sala havia uma escultura pendurada, feita por mim, que representava Deus. Incapaz de imaginar como era Deus, eu apenas escrevera o nome em um pedaço de papelão, pintara o papelão de tinta metálica prateada e colara nele alguns cacos de vidro que refletiam a luz de um foco de luz. Era uma bola giratória de discoteca, gigantesca e cintilante.

Não creio que minha convidada tenha percebido a escultura enquanto caminhava pela sala, mas quando ela finalmente decidiu falar, por acaso estava bem embaixo dela.

Sua voz era agradável, totalmente diferente do que eu esperava. Como eu, ela falava um árabe perfeito. Sua boca se abriu e ela perguntou:

– Por que você não tem filhos?

Vocês podem imaginar que não era isso que eu esperava ouvir, e eu não soube como responder a essa pergunta tão absurda.

Hoje, me pergunto se era ela quem realmente falava comigo. E se fosse Deus se manifestando através da minha convidada? Ou alguém se comunicando do mundo dos mortos através do santuário e da escultura de Deus por meio dos seus doces lábios? Nunca saberei.

– Porque tenho medo – respondi, muito acabrunhada.

Eu não conseguia olhar nos seus olhos. Meu olhar estava voltado para o chão. Bom e seguro.

– Não tenha medo. Eles podem ajudá-la no seu trabalho. Eles poderão até fazê-lo melhor. Nunca se sabe. Pare de perder tempo. Você não é a primeira mulher a ter filhos nem será a última. Daqui a seis meses quero receber um telefonema seu me informando que está grávida.

– Hum... tá... tudo bem. Se quiser, isto é, eu acho... se eu quiser... hum... veremos.

Depois que ela foi embora, saí e me sentei na escada que leva à galeria. O céu estava azul-marinho. Era o mês de maio. Cheirava a chuva. Chuva quente. O tempo estava definitivamente mudando. Uma brisa fresca vinda do mar, que ficava atrás da galeria, soprava até lá. Lembro-me de ter pensado que aquela talvez fosse a última semana em que eu sentiria aquela brisa. Dentro em pouco o verão sufocante cairia sobre nós. Tirei meus sapatos e esfreguei as solas dos pés para cima e para baixo no degrau de concreto. A sensação era boa. Fechei o zíper do meu casaco quente cor-de-rosa, levantei o capuz, cobri a cabeça, cruzei os braços sob o peito, dobrei-me em duas e, por fim, vieram as lágrimas. No início eram suaves e frias. Elas começaram a rolar suavemente. Depois o dique rompeu. As perguntas, o desconhecido.

Liguei para Mazen e pedi que viesse se encontrar comigo. Queria contar a ele o que acontecera. Naquele instante eu queria fazer amor com ele. Bem ali na galeria. Queria engravidar. Era o que eu realmente desejava, e eu esperava que a experiência com minha convidada maravilhosa me impedisse de retroceder, como já acontecera tantas vezes. Devo escutar essa mulher que talvez tenha falado em nome de Deus? Devo simplesmente tentar, bem aqui e agora? O que fazer? O que fazer?

Deus, você está aí? Sou eu, Zena.

Naquela noite meu marido e eu dormimos na cama afastados um do outro. Eu não ousava tocar nele porque temia uma imaculada concepção. No entanto, neste exato momento, eu posso garantir que continuo sem filhos. Gostaria de rever minha convidada maravilhosa, mas acho que ela ficaria desapontada comigo. Não sei lidar com esse tipo de pressão.

17

Eu sabia que aquela seria a última vez que faríamos amor. Quase não fizemos. Ele disse que era errado. Respondi que ainda éramos marido e mulher.
Dei o melhor de mim. Amei-o com meu corpo inteiro. Queria que ele ficasse com algo que não esqueceria jamais. Talvez ele se sentisse mal por isso depois que o divórcio fosse um fato consumado. Eu queria que ele se sentisse mal depois porque se sentia bem agora.

Sentei-me em cima dele e assumi o controle. Meus quadris rodopiavam. Meu cabelo cobriu meu rosto. Sussurrei. Lambi suas orelhas. Arranhei seu peito. Eu parecia quase outra mulher. A mulher com quem ele só conseguia fazer amor em sonho. Eu queria que ele se lembrasse dessa mulher depois do divórcio. Queria ter certeza de que se lembraria de mim cada vez que trepasse com outra mulher no futuro. Que sempre veria meu rosto no dela. Ele não pode me deixar agora. Não agora. Não depois de tudo o que aconteceu.

Dei o melhor de mim. Naquela noite, com meu corpo, dei a ele a mulher que ele jamais poderá esquecer. Ele pode ter decidido se separar de mim, mas eu garanti que jamais poderia me esquecer.

Beirute, dê-me forças.
Beirute, outro homem vai embora.
Beirute, a culpa é sua.
Beirute, eu odeio você.

18

Nós nos divorciamos.
Havia um silêncio profundo em meio a toda aquela gritaria, acusações de culpa e apontar de dedos carregados de amargura. Minha boca falava, porém meus ouvidos estavam moucos. Na minha cabeça havia apenas um zumbido abafado. Cada vez que ele abria a boca para gritar, eu me desligava. Não ouvia nada.

Só olhava para seus olhos. Aqueles olhos monstruosos, vermelhos como sangue, que cuspiam fogo. Aqueles olhos que um dia haviam aprisionado meu coração e agora o dilaceravam ferozmente. Olhos sobre os quais certa vez eu dissera que eram da cor suave do mel e que agora estavam escuros e raivosos. Um poço vazio, sem fundo, para o inferno. Oco, como seu coração. Egoísta. Salivando. Possesso.

— Você não sabe quem eu sou. Você não me ama.
— Eu? E você? Você não me conhece. Você parou de me amar.
— Eu nunca deixei de amar você. Eu só estava triste. Não posso ficar triste?
— Você parou de me amar. Passou a amar Maya mais do que a mim.
— O quê? Maya morreu. O que deu em você?
— Maya morreu e mesmo assim você a ama mais do que a mim. Você a ama mais agora do que quando ela estava viva. As fotografias dela estão em toda parte. Você chora todas as noites. Fica bêbada todas as noites! Tudo por causa de Maya.
— Eu me embebedo por sua causa, e não por causa dela. Porque você não sabe me amar. Porque você me deixa beber, eu bebo. Você nem tenta me impedir. É como se quisesse que eu me foda de propósito.
— Anda, vai, bebe. Eu não tenho de aguentar isso. Você nem me toca mais. Você não faz amor comigo há meses e já faz um ano que Maya morreu. Esperei, mas tudo continuou na mesma. No início eu respeitei o seu tempo, mas agora eu não aguento mais. Os homens precisam trepar. Se eu não trepar com você, que é minha esposa, vou ter de procurar em outro lugar.
— Você já está procurando. Para de me ameaçar. Eu sei que você tem um caso. Eu sei quem é.
— Cala a boca, Zena. Não existe ninguém. Nós somos apenas amigos.
— Não, não são mesmo. Andei bisbilhotando as mensagens do seu celular. Li enquanto você dormia. Você está trepando com ela, não está?
— Zena, se não parar com isso eu vou começar a ir para a cama com ela. E não apenas com ela. Com todas que conseguir encontrar. Então para. Cala a boca. Não me obrigue a fazer o que eu não quero. Agradeça por eu não estar traindo você.

Agradecer? Agradecer? Seja grata.

Eu era grata por continuar viva. Fechei os olhos e pensei em Maya. Maya, eu não culpo você. Eu posso chorar meu luto. Eu posso chorar meu luto.

Olhei para Mazen. Pois muito bem. Eu não queria mais me sentir grata em relação a ele. Então eu disse.

Eu quero o divórcio.
Eu quero o divórcio.
Eu quero o divórcio.
Eu disse. E nunca mais poderia apagar essas palavras. Elas estavam vagando por ali – os pensamentos haviam se materializado. E, de certo modo, eu sabia que teria forças suficientes para ir até o fim. Beirute ouvia a nossa conversa. Eu sabia que podia contar com ela para me levar.
Quanto temos de aguentar? Esperamos até ele nos enganar fisicamente para então desistirmos? E, mesmo se fizermos isso, qual é a diferença entre uma traição emocional, mental e física? Não é tudo a mesma coisa? Quanto desse mau comportamento temos de aguentar? Como acompanhamos, avaliamos e calculamos esse comportamento? Como podemos ter certeza de que a outra pessoa está no mesmo nível? É justo esperar tanto de uma pessoa?
O divórcio existe porque o casamento existe.
E se as sociedades fossem criadas de forma diferente? E se o sistema no qual vivemos hoje não for bom o suficiente? A revolução está na soleira da nossa porta. Todas as estruturas sociais começam a falhar. E logo todas as estruturas sociais existentes se extinguirão. Os dias de "Mamãe Mary", "Papai Bob", "Filhinho Dick", "Filhinha Jane" e seu cachorro "Spot" logo terminarão. Eu decidi assim. Eu decidi assim no dia em que pedi o divórcio.
Se vou desmoronar, estou decidida a carregar o mundo inteiro comigo.
Em Beirute há muitas famílias desfeitas. Eu sempre culpava a guerra. Talvez não seja a guerra. Talvez Beirute realmente não tenha nada a ver com isso. Talvez o que esteja errado sejam os sistemas que impõem à cidade. Talvez ela não tenha sido feita para suportar os seres humanos e suas imbecilidades. Esses seres humanos imbecis que só querem tomar. Só querem receber. Amor. Segurança. Objetos. Reconhecimento. Um lar. Linhagem. Talvez seja por isso, antes de mais nada, que nos casamos. Percebemos que a união pelo casamento nos dará a garantia de certos sentimentos, direitos, objetos e, é claro, do coito.
Por que não podemos apenas boiar nos dias atuais? E respirar? Sem planejar nada?
Só ficarmos deitados?
Calmos.
Serenos.
Houve uma época quando isso parecia ser possível.
Na Nigéria, eu costumava encher a banheira e ficar de molho com água até as orelhas. A água tinha sempre uma cor enferrujada, alaranjada, mas

eu nunca me preocupei nem me importei com isso. Quando meus ouvidos ficavam debaixo da água eu só ouvia as batidas do meu coração, e nada mais importava. Tudo era silêncio. Todo o resto, todo o barulho, era afogado, literalmente. Minha vida deixava de existir, de alguma forma. Eu só boiava. A linha da minha vida fragmentava-se em eventos. Eventos desconectados que surgiam em etapas, ou lampejos, a cada batida do coração. A hierarquia, sob todas as formas, tornava-se sem sentido. Nenhum evento era mais importante do que o outro. Cada um era igual ao próximo.

O evento do meu casamento é igual ao evento do meu divórcio.

O 34º dia da guerra do verão é igual a 25 anos de guerra civil.

Rumi igual a Shams.

Zena igual a Maya.

19 بيروت

Enquanto todos os jornais estrangeiros continuam falando sobre a guerra que ocorreu há dois verões, tivemos três novas guerras que não receberam nenhuma cobertura da mídia.
A guerra no meu coração.
A guerra nas minhas ruas.
A guerra para manter Beirute.

Outro dia eu caminhava pela rua Hamra a caminho de uma reunião quando dei de cara com uma arma. Eu acabara de sair do meu novo apartamento e me sentia independente e forte. O divórcio não conseguira acabar comigo. De modo algum. Beirute, eu ainda consigo enfrentar você.

Eu caminhava pela Hamra para ir a uma reunião. Em Beirute os policiais não usam revólveres, mas sim armas semiautomáticas. Ele estava alguns passos diante de mim. A arma estava pendurada no seu ombro direito, apontada para o chão. Balançava para cá e para lá a cada passo que ele dava. Desviei-me um pouco para a esquerda. Notei que se ele não fosse cuidadoso, que se a arma não estivesse travada, ele poderia atirar facilmente na minha direção. Não quis me arriscar e cheguei um pouco mais para a esquerda. Sem perceber, esbarrei em outro policial parado ali. Eu estava tão fixada no que ia na minha frente que não vira aquele. Por mais que tentasse evitar a primeira arma, a segunda viera direto ao meu encontro. Direto para o meio das minhas pernas.

E lá vamos nós de novo. Beirute e minha genitália.

Só que dessa vez Maya não estava ali para me salvar.

Armas. Havia tantas armas desde o verão. E as pessoas não se apaixonavam mais umas pelas outras.

Pervertidas, armas destravadas, prontas para atirar, prontas para penetrar no seu alvo com sua trajetória, armada, pronta, suada, fedorenta, cabeluda, bolorenta.

Ele esfregou a arma entre as minhas pernas.

Abri a boca para dizer alguma coisa.

Agressiva: poderia criar um problema para mim, se fosse um equívoco.

Educada: não criar caso. Mas e se ele estivesse fazendo aquilo de propósito?

Se começasse a chorar, eu perderia.

Ele fez de propósito, eu sei que fez. A segurança nas ruas aumentou desde a última guerra. Os amreekans mandam todas as suas armas, caminhões e tanques usados. Enviem as U.S. Special Forces para treinar nossos rapazes charmosos. Homens que antes nunca parariam uma moça na rua agora nos bloqueiam. Homens que antes abaixariam a cabeça em respeito, agora apontam suas armas para nós.

Ele fez de propósito, eu sei que fez.

Pervertido.

Todos são. Esses policiais. Os antigos usavam uniformes azul e cinza. Agora esses uniformes novos são azuis-escuros. Eles são as novas forças de segurança especialmente treinadas e modernizadas.

São pervertidos porque apontam a arma para mim. Porque bloqueiam a minha rua, com sua presença em cada esquina. Nós nunca tivemos esse tipo de homens aqui antes. Os corpos são daqui... suas cascas. Mas por dentro... plantaram uma semente dentro deles e um novo tipo de monstro está crescendo. Pervertidos.

Todos são, com sua arma nas mãos: "clique, claque, carregar, armar". Atualmente, quando damos uma informação para chegar a algum lugar, usamos os tanques como ponto de referência. Para informar onde fica uma rua, dizemos com a maior tranquilidade: "Passe o primeiro tanque e dobre à esquerda depois do segundo". Como ficou fácil falar assim.

Outro dia, Nour foi a uma festa na embaixada amreekan. Ela não saíra de perto de mim desde o meu divórcio. Acho que foi Maya que a mandou para mim. Acho que foi Beirute que a mandou para mim. Quando uma porta se fecha, outra se abre. Não é o que diz o ditado?

Nour foi à festa na embaixada, na véspera do Dia de São Patrício, e lá conheceu um rapaz simpático. Disse que ele era educado e que de vez em quando era ótimo conhecer homens educados. O rapaz pediu seu número de telefone e ligou alguns dias depois. Eles conversaram um pouco e ele a convidou para ir ao cinema. Nour respondeu que não gostava muito dos filmes de Hollywood, mas que, se ele concordasse, ela poderia ver se havia algum filme independente, mais intelectual.

Ele respondeu: "Concordo".

Ela disse: "Ótimo".

Porém sob uma condição. Ele não podia sair da embaixada; ela teria de ir até lá. A embaixada amreekan fica a cerca de vinte minutos de Beirute, ou quarenta e poucos minutos, dependendo do trânsito. E sempre há trânsito. Fica nas montanhas, em um enclave cristão. Quando se chega ao topo da montanha, há somente uma estrada que desemboca na embaixada. Ao longo do caminho há, pelo menos, uma meia dúzia de postos de controle. É uma fortaleza, não é uma embaixada. Uma fortaleza medieval que eles usam para se proteger do maldoso e perigoso mouro. Chamar aquilo de embaixada é dar-lhe um mérito que ela não merece.

Pouco depois, Nour veio me visitar e pedir um conselho: deveria ir se encontrar com ele lá?

Silêncio.

É tão difícil sermos objetivos em relação aos amreekans, o que dizer sobre os homens em geral.

— Nour, os amreekans são hóspedes no nosso país. Mas ele "não tem permissão" de sair por aí sem seus dois guarda-costas e veículos blindados. Você precisa de um homem que a respeite. Que respeite a sua cultura. Se você se sente bem morando em Beirute, ele deveria sentir o mesmo, e vir visitar você. Por que está bem para você e para ele não? Estou farta desses padrões duplos. Diga a ele para ir à merda. Não perca seu tempo com ele, já que está com tanto medo de levar você para tomar um café decente em Beirute.

— Zena, não é bem assim, preto no branco. Ele é um cara legal. E você sabe que todos os estrangeiros foram avisados para tomar certas precauções. Ele trabalha na embaixada, pelo amor de Deus! Eles têm medo de sequestros. Eu acho certo ele ter me pedido para ir encontrá-lo lá.

— Pode ser que você tenha razão, mas francamente... quando foi a última vez que alguém foi sequestrado em Beirute? Isso é coisa do passado. Agora nós somos uma próspera cidade cosmopolita. Ninguém sequestra mais ninguém! Isso acontecia nos anos 1980, e agora estamos no novo milênio. As táticas mudaram. Evoluíram. Os sequestros não funcionam mais. A embaixada amreekan adverte sobre sequestros não por se importar com seus funcionários, mas por não querer pagar aquela dinheirama toda para resgatá-los. Tudo gira em torno do dinheiro. Você se lembra da guerra do verão, quando todos os cidadãos amreekans que viviam aqui foram informados de que teriam de indenizar o governo pela evacuação? Todos tiveram de assinar um documento informando que eles seriam cobrados pela evacuação quando voltassem para casa. A embaixada só quer poupar dinheiro, não o seu povo.

— Eu sei, mas você entende o que quero dizer. Há regras. E ele tem de segui-las.

— Nour, desculpe se pareço amargurada e dura. Mas estou muito irritada. Em um dia os amreekans mandam suas bombas para Israel nos atacar e 34 dias depois desembarcam aqui querendo ser nossos amigos. Mandam suas forças especiais *high-tech* para treinar nossos homens maravilhosos e os transformam em animais. Mandam suas armas de todos os tamanhos e formas, e nós só ficamos sentados aqui, engolindo tudo. Esse tal de Sam pode até ser um cara legal, mas ele representa o monstro. Eu não vou permitir que você entre na toca do leão. Se ele gosta de você de verdade, que venha para Beirute. Obrigue-o a cruzar o portão e provar nosso café fortíssimo e nossos doces pingando mel. E que o café de filtro e as barras de chocolate Twizzlers vão para o inferno!

— Você está aborrecida mesmo, Zena. Aconteceu alguma coisa hoje? Eu acho que é mais do que Sam.

— Fisicamente estou bem, emocionalmente não. Não consigo mais andar pelas minhas próprias ruas. Há tanques e armas em todos os lugares. E o pior é que nem são nossos. Isto é, são nossos, mas não fomos nós que os fabricamos. E agora não consigo andar nem dirigir sem que me apontem uma arma. Vim embora de Nova York porque estava farta de ser rotulada pela minha raça. Achei que estaria segura em Beirute. Em Beirute somos todos loucos e isso é aceito, e não há nenhuma necessidade de apontar dedos ou armas para ninguém. Mas agora Nova York me seguiu até aqui.

— Você tem razão. Se ele realmente gosta de mim, ele terá de vir a Beirute e me apanhar em um carro normal.

— Nour, não foi isso que eu quis dizer, mas está certo, ele tem de vir aqui. De qualquer forma ele já se tornou uma imposição. E nós, nós não somos como os japoneses.

— Zena! Isso não é muito simpático.

— Não. Mas falo sério. Sem querer ofender os japoneses, mas francamente até que ponto uma nação aguenta ser humilhada? Jogaram a bomba em cima dos japoneses e eles perdoaram muito rápido. Colocaram-nos em campos de concentração e depois da guerra eles sofreram discriminação racial durante anos. E agora... são os melhores amigos dos amreekans. Abriram mão do seu exército. Permitiram que os amreekans construíssem uma base da aeronáutica em uma das suas ilhas, cuja população está perdendo sua antiga cultura tradicional maravilhosa em troca de hambúrgueres e milk-shakes. Esses amreekans jogam suas bombas em cima da gente por intermédio dos nossos vizinhos e agora mandam forças-tarefas especiais para reforçar nossa segurança. Por quê? Para que na próxima vez que houver uma guerra digam: "Oh, sentimos muito. Nós tentamos ajudar, mas parece que seu povo não tem mais jeito"? Não, Nour, nós somos mais do que isso. Eles nos oferecem loterias de Green Cards como se fôssemos cães famintos e depois, quando chegamos ao seu país, nos interrogam durante oito horas, tiram nossas impressões digitais, nos fotografam, tomam notas e nos investigam por causa do nosso nome. Eles vendem bombas para nossos vizinhos, depois treinam nossos homens e depois nos convidam para viver no seu país e gastar nosso dinheiro suado na sua economia para que eles possam produzir mais bombas e vendê-las aos nossos vizinhos que as jogam em cima do nosso povo. Que tipo de esquizofrenia é essa? Não. Não. Não somos obrigados a aceitar isso.

— Tudo bem. Talvez eu não deva ligar para ele. E de qualquer maneira não vou até lá.

— Oh, Nour! Desculpe. Eu sei que talvez ele seja um cara legal, mas não deixa de ser um funcionário do monstro, e você não pode esquecer isso. Não duvido que ele venha de uma família excelente e que até more em uma daquelas casas de madeira com uma cerca branca na frente e que tenha um cachorro de pelo dourado. Mesmo assim, ele serve à besta. Talvez frequente a igreja todos os domingos. Talvez seus amigos sejam as melhores pessoas do mundo e todos eles respeitem seus pais e tenham uma visão do mundo muito aberta. Mas, se ele escolheu ficar do lado do governo que está matando o nosso povo, então não acho que seja o homem certo para você.

— Então é melhor não ligar para ele.

— É. Acho que sim.

— Droga. Não faço sexo há um tempão. Eu esperava que as coisas acabassem dando certo.

— Sabe, se é para fazer sexo sem problemas, você está perdendo muita coisa.

— Como assim? O que você quer dizer com isso?

— Por exemplo: quando um homem libanês goza por sua causa você sabe que ele realmente está sentindo aquilo. Por causa de todo o estresse com que vivemos, você sabe que realmente valeu a pena. Isto é, não foi só sexo pelo sexo. Foi um sexo que confirma a nossa existência. Nós estamos vivos quando gozamos. Somos reais. Não estamos mortos. Em cada ejaculação, há uma celebração da vida. Nada é à toa.

— Xi, Zena, chega de poesia. Você acha que precisamos de sexo para sobreviver?

— Não. Mas precisamos de sexo para saber que estamos vivos. Estar vivo e sobreviver são duas coisas diferentes. Eu não quero sobreviver, eu quero estar viva.

— Por outro lado, eu digo essas coisas para você hoje, mas me pergunte amanhã e serei capaz de responder de uma forma completamente diferente. Este país é assim. Um dia eu abomino o sexo, no dia seguinte choro porque não tenho nenhum. Um dia estou parada na minha varanda e quero abraçar a cidade diante de mim, no dia seguinte nem abro as minhas venezianas e fico em casa o dia todo. É isso que Beirute está se tornando.

— Beirute ou você?

— Não, Beirute. Eu não passo de uma mensageira. Quando ela está insegura, eu também estou. Quando ela está nos seus melhores dias, eu brilho. Para morar aqui, nesta cidade, é preciso ter uma fé cega. Você não pode pensar ou analisar. E, apesar de ser uma relação de amor e ódio, você sempre tem de agir com o coração.

— Mas, Zena, você tem o mundo inteiro à sua disposição. Por que se limita a ficar aqui, presa debaixo de algo que não consegue controlar? Sabe, você tem outras opções.
— Não, não tenho. Eu não posso ir embora. Nunca fui feliz em outro lugar. Nas outras cidades e nos outros continentes eles têm meios de divertir as pessoas o tempo todo. Meios de distraí-las com uma felicidade simulada. Apesar da confusão, sinto que aqui sou livre. Pelo menos sei que estou péssima quando me sinto péssima. Eu prefiro me sentir péssima a ser feliz de forma artificial.
— Por que tudo tem de ser tão radical com você?
— Não é. Hoje o nosso mundo é assim. Olhe para os chineses e o que têm de enfrentar. Eles se tornaram vítimas do nosso consumo. Daqui a pouco não verão mais o sol, aliás isso já está começando a acontecer. Então eles terão de começar a comprar contêineres de ar puro para conseguir respirar. Eles estão pagando o preço pelas coisas que desejam ter. São eles que vivem em uma cidade que está fora do seu controle. Eu estou muito bem aqui em Beirute.
— E a poluição aqui? As coisas que não conseguimos ver. Há muitos casos de câncer agora.
— Não quero falar sobre o câncer.
— Para com isso, Zena. Você tem de aceitar o que aconteceu com Maya. Aceitar todas as bombas com produtos químicos que nossos vizinhos jogaram em cima de nós. Todos os gases tóxicos e o betume que vazou nas nossas praias. Todo o lixo atômico do qual os europeus se desfizeram pagando-nos por isso durante a nossa guerra civil. Tudo isso está aqui, no ar, na água, nas verduras, no solo. Maya respirou tudo isso. Eu respiro tudo isso. E você também.
— Não posso lidar com isso agora. Já tenho o suficiente. Eu só quero passar um dia sem pensar em guerras, doenças, bombas, instabilidades, depressões, ansiedades, estresses, políticas e câncer. É muito mais fácil esquecer do que lidar com essas coisas.
— Ora, você está sempre reclamando que todo mundo esquece tudo. Que esqueceram a guerra civil. Que apagaram a responsabilidade.
— Talvez. Talvez eu tenha reclamado. Talvez seja isso que acontece em Beirute. Mas, talvez, essa seja realmente a única maneira de viver.
— Não sei. Eu só tento não pensar nessas coisas. Não quero esquecê-las, mas tento apenas não pensar demais nelas.
Ficamos alguns minutos em silêncio. Segurei a mão de Nour.
— Eu acho que você deve ligar para ele. Dane-se. A vida é curta demais. Quem sabe? Talvez ele seja o homem da sua vida. Seu "príncipe encantado".

Talvez o seu destino seja ir embora daqui e morar em uma daquelas casas que vemos na TV, tomar Gatorade e assar biscoitos.

— Você acha mesmo que devo ligar? Não se trata só de sexo, você sabe disso.

— Eu sei. Estamos tão desesperadas para vivenciar algo que seja mais do que Beirute. Algo que nos faça desligar de tudo. Algo em que possamos acreditar. Amor. O amor é a única coisa capaz de nos sustentar nisso. O amor é que nos faz viver. Viver, e não sobreviver.

— E faz mesmo, não é? Eu só queria estar apaixonada de novo.

— Eu também. Quando estou apaixonada não enxergo mais nada à minha volta. Beirute fica tão animada e inspiradora. Minha vida vale a pena. Não me sinto como se estivesse perdendo meu tempo. Eu estou sempre achando que vou morrer amanhã. Não posso morrer sem amor no coração. Seria cruel demais.

— Sabe, ele é muito bem educado. Isso deve significar alguma coisa.

— Eu acho que sim. Sabe, esses amreekans são realmente muito gentis. O governo deles é que é uma merda. Mas os governos mudam com o tempo. E o amor... o amor pode durar para sempre.

20 ♡

Makram.
Eu escrevia para ele toda vez que chegava em casa bêbada. O que faz você se apaixonar por alguém? Acho que, na maioria das vezes, é porque você vê no outro um pouco de si mesma. Ou traços da pessoa que você gostaria de ser. Apaixonar-se pode ser uma viagem do ego. Ao apaixonar-me por Makram eu estava apaixonada por mim mesma. Certas pessoas fazem aflorar o que há de melhor em você.

Eu sempre pensei em dizer essas coisas para ele, mas sabia que seria o fim da nossa amizade se fizesse isso um dia. Desde a primeira vez que nos falamos, nosso relacionamento fundamentou-se no não dito. Nosso bem-estar estava no silêncio.

Nos gestos de mão.

No piscar de um olho.

Nos ombros encurvados. Nos sorrisos tranquilos. Nas manchas de tinta no meu dedo, de nicotina nos dele.

Nas cartas induzidas pelo álcool, escritas tarde da noite.

Na verdade, não nos sentíamos à vontade quando estávamos juntos. Em estados alterados era o paraíso.

Coloquei Makram em um pedestal propositadamente. Ele representava uma Beirute que eu sempre quis ter, mas nunca pude. Passou pela guerra, a guerra civil, e sofreu muito. As cicatrizes eram visíveis no seu rosto cansado. Nos seus gestos e no seu comportamento. Ele conhecia Beirute em toda sua força bruta. Intimamente. E isso o assombrava. Aos meus olhos, Makram era uma rosa no meio de ervas daninhas. Alto. Diferente. Lindo. Fisicamente parecia gasto e murcho, com o dobro da sua idade. No entanto, quando alguém conseguia se aproximar dele via que seu corpo, sua estrutura física, era apenas uma fachada. Um disfarce para enganar Beirute. Um truque para fundir-se nela. Para esconder-se. Para não ser visto cada vez que Beirute usava sua varinha de condão maligna. Se alguém conseguisse chegar bem perto de Makram veria que seus olhos claros marrom-esverdeados nunca deixavam de brilhar.

Makram sempre mantinha os olhos fechados quando andava nos ônibus superlotados e nos táxis. Enquanto aguardava a sua vez nos postos de controle sempre olhava para o chão. Enquanto caminhava na rua no meio das pessoas sempre desviava o olhar. Nunca ousava sequer olhar para o céu. Ela poderia vê-lo.

Mas eu o vi.

Nossa amizade começou quando nossos olhares se cruzaram pela primeira vez. Nós nos fitamos ao mesmo tempo no meio de um salão onde havia cerca de cem pessoas e nenhum dos dois abaixou os olhos. Continuamos nos olhando.

Na semana em que nos encontramos, pela primeira vez, achei que encontrara o amor da minha vida. De repente, comecei a esbarrar com ele em todos os lugares. Nós nos olhávamos, tentávamos entabular um diálogo e não conseguíamos, então, enrubescíamos. Às vezes ele se sentava do meu lado, acendia um cigarro e fumava em silêncio. Às vezes eu me aproximava dele e perguntava qualquer bobagem e sua resposta era invariavelmente sombria. Às vezes eu dava alguns seixos de presente para ele. Às vezes ele me presenteava com rolos de filmes para a máquina fotográfica que eu sempre carregava comigo. Uma vez dei a ele uma caneta de tinta preta. Uma "0.5 Staedtler Pigment Liner". Uma vez ele me deu um sorriso, aquele que significa que ele talvez também estivesse apaixonado.

Quando o cabelo comprido de Makram começou a cair, ele deixou crescer a barba. Uma autodefesa. Quanto mais comprida a barba, tanto maior era o campo de energia que o protegia da barragem diária da guerra, dos sequestros, do trânsito e dos desapontamentos. Quanto mais os pelos cresciam, tanto maior ele se tornava para afirmar seu lugar nessa cidade. Ele já tinha mais de 1,80 metro, mas sua barba lhe dava uma vantagem a mais.

Seu apartamento ficava em uma parte densamente construída da cidade, uma selva de concreto onde um edifício se debruçava sobre o outro. Concreto derramando-se em cima de concreto. As janelas eram pequenas, para manter do lado de fora o caos. Toda a sua família morava naquele apartamento minúsculo. No Líbano é normal que um homem more com os pais. Em geral, eles só saem de casa para casar.

Muitas vezes me perguntei como seria estar casada com ele.

Aprenderíamos finalmente a falar um com o outro? Até a última vez que o vi a história era sempre a mesma. A intensidade do sofrimento nos seus olhos sempre me fazia comportar-me como uma palhaça. Feliz. Saltitante. Superficial. Talvez se nos encontrássemos hoje seria diferente. Não tenho mais medo de sofrer. Eu sei que conseguiria olhar para ele sem corar. Sei que conseguiria encontrar as palavras certas. Makram, se você estiver lendo estas palavras, eu quero que saiba que encontrei as palavras certas para falar com você. Não vou me comportar como uma adolescente. Serei uma mulher. A mulher que você precisa que eu seja. Estou calma agora. Sou de um azul ultramarinho profundo. Se me der uma oportunidade, eu tenho muito para dar.

Nos verões ele ficava descalço e sem camisa na sua casa. Quando entardecia, vestindo apenas uma calça jeans, Makram pegava seu *oud* e tocava para o trânsito lá embaixo, em um esforço para domar esta cidade. Todos os vizinhos o amavam por isso. Era o único momento do dia em que sentiam que não haviam sido derrotados. Uma mulher chamada Um Khaled, que morava no apartamento debaixo, plantou um jasmineiro em sua honra. Se ele a presenteava com sua música maravilhosa, ela achava que a única coisa que podia fazer em retribuição era perfumar as suas melodias. Era um pequeno paraíso.

Ele nunca me convidou oficialmente para ir à sua casa. Um dia passei lá por acaso com um amigo. Makram ficou muito surpreso quando me viu. Eu fiz de conta que não havia nada de estranho naquilo. Voltei alguns dias depois sem ser convidada. Sozinha. Sua mãe abriu a porta e me convidou para entrar. Ela não perguntou quem eu era. Apenas apontou para a varanda e informou que Makram estava lá. Talvez estivesse acostumada a essas coisas. Talvez ele sempre recebesse moças na sua casa. Fui até a varanda e sentei aos seus pés em cima de uma almofada. Ele estava tocando seu *oud* e não parou para me cumprimentar. Mas sorriu. Sorri de volta e peguei meu caderno de desenho. Ele tocava. Eu desenhava. Não trocamos uma única palavra. Continuei indo sem ser convidada.

Uma tarde percebi que os pelos do seu peito começavam a ficar grisalhos. No início achei que era o reflexo do sol. Larguei o caderno de desenho no chão e me imaginei estendendo a mão para tocar seu peito. Eu queria acariciar os pelos com as costas da mão. Queria acariciá-los e dizer para eles que não tinha importância se tinham ficado grisalhos, porque não era culpa deles.

Larguei o caderno de desenho no chão e imaginei que me levantava e me aproximava dele. Imaginei que apoiava os lábios na sua cabeça com aquela calvície incipiente e que docemente a cobria de beijos. Devagar. Beijos descansados. Ele continuava sentado de pernas cruzadas, tocando, e eu dizia para a sua cabeça que tudo ficaria bem. Imaginei meus lábios roçando a sua cabeça. Os cabelos que restavam abraçavam meus lábios e me diziam como estavam contrariados. Contrariados porque Beirute roubara a sua juventude. Houve uma época em que eles eram longos e exuberantes, mas depois, com o passar do tempo, mudaram, porque Beirute era estressante demais.

Imaginei que largava o caderno de desenho no chão e me aproximava dele. Que ficava parada atrás dele e colocava a mão na sua nuca, suavemente. Que me abaixava e apoiava o rosto no seu pescoço. Respirando devagar. Ao ritmo do *oud*. Via que seus ombros estavam cobertos de pequenas sardas. Imaginei que naquele instante ele parava repentinamente de tocar e colocava sua mão sobre a minha. Que ele colocava o *oud* no chão e me puxava para si. Imaginei que eu escarranchava as pernas sobre ele e me sentava no seu colo. Que pegava seu rosto entre as mãos e olhava-o nos olhos. Então seus olhos cor de mel me obrigavam a falar; palavras que eu só dizia porque soavam muito bonitas, e não porque suas definições se relacionavam de alguma forma ou maneira com a nossa situação no momento. Palavras como crisântemo.

Abundância.

Amanhecer.

Margem.
Fúcsia.
Índigo.
Demorar-se.
Depois de soltar as palavras aleatoriamente eu me debruçava para beijar sua boca. Ele, é claro, ficava imóvel. Quase não reagia. Mas me deixava.
Beijá-lo.
É claro que Makram, que não parara de tocar, ignorava minhas fantasias imaginárias.
Ele estava absolutamente maravilhoso.
Não peguei outra vez o meu caderno de desenho. Escurecera. Makram continuou tocando até a lua surgir no céu. Fiquei sentada, imóvel, com medo de interromper a sua concentração. Talvez tivesse esquecido que eu estava ali. Mas imaginei que não. Imaginei que ele tocava cada nota para mim.

Que enquanto mantinha os olhos fechados ele nos imaginava compartilhando um copo de vinho.

Que enquanto mantinha os olhos fechados ele nos imaginava sentados no topo da lua. Olhando para Beirute lá de cima. Sentindo-nos em segurança. Nossos corpos enroscados em um abraço puro e honesto. As pernas enroscadas nos braços enroscados nas mãos e o cabelo e as fendas e o gozo.

Talvez um dia eu conte a ele sobre esses sonhos de olhos abertos.

Talvez um dia eu beba o suficiente para me purificar.

Ou talvez seja melhor ficar calada.

Porque o sofrimento do amor não correspondido é mais delicioso do que a gratificação instantânea do sexo.

A vida em Beirute nos obriga a não optar pela gratificação instantânea. Derrotamos a morte através do sexo. Existimos através do sexo. Mas a nossa história, a de Makram e eu, é diferente. Éramos diferentes porque não fazíamos sexo, e continuamos sendo diferentes.

No entanto, se me perguntarem hoje responderei que Beirute tem um ponto G. Porque uma noite com Makram valeria mais do que todas aquelas intermináveis noites sufistas de verão.

21

Estou morando em um apartamento onde preciso planejar um banho de chuveiro com duas horas de antecedência.
Gosto disso. Gosto de saber que nada é gratuito. Nunca me senti tão feliz como agora, sentada aqui, debaixo da minha lâmpada econômica fluorescente branca.
Aqui, tudo ao meu redor é bom porque é simples. Eu sei o lugar exato onde os analgésicos estão guardados, porque foi exatamente ali que os coloquei, e eu gosto de saber isso.

Gosto de saber que meus sapatos verdes estão guardados do lado esquerdo do meu armário e os outros, aqueles cor de vinho com pontas de aço, do lado direito. Eu sei quanto gás ainda resta no botijão porque sei quanta comida cozinhei. Sei quanta água preciso esquentar. Sei que a minha blusa branca ainda está na cesta de roupa suja. Sei quando foi a última vez que reguei as plantas. Sei que posso beber sozinha sem que ninguém me julgue, com a exceção do anjo no meu ombro. Sei quando Tapi precisa sair porque, na vez anterior, quem deu de comer para ela e a levou para passear fui eu. Sei que posso ficar em casa o dia todo e que ninguém virá me visitar porque todos acham que estou bem. Sei, porque os enganei e disse isso para eles.

Eu sei que ficarei deprimida se ler os antigos e-mails de ex-namorados. Mas ligo meu computador assim mesmo porque sei que ninguém me impedirá de fazer isso.

Eu sei que posso segurar a fotografia de Maya entre as minhas mãos e chorar o tempo que for necessário. Sei que não serei interrompida e que não terei de me explicar. Sei que posso colocar a fotografia dela ao meu lado, em cima do travesseiro, e adormecer, porque sei que ninguém entrará no quarto e me pegará de surpresa. Sei que posso falar com ela em voz alta sem passar vergonha. Sei que não preciso me preocupar com o fato de que as pessoas vão pensar que eu estou emocionalmente desequilibrada porque estou falando sozinha.

Eu sei que hoje à noite terei muita dificuldade para adormecer. Porque sei que vou dormir sozinha.

Mas também sei que tudo vai melhorar porque as coisas não podem continuar assim para sempre.

Atualmente penso muito no meu avô Mohammad.

Será que a vida era difícil naqueles tempos? Como as pessoas lidavam com a solidão e os desapontamentos antes de Xanax e do canal de comédias na TV? Como ele lidava com o estresse e a pressão para tentar fazer sua vida valer alguma coisa? Como se sentiu quando sua casa foi ocupada? Todas as rejeições e desilusões que enfrentei na minha vida não chegam nem perto do que ele vivenciou.

Como costuma ser tradição entre as famílias no mundo árabe, as histórias dos nossos ancestrais são passadas de boca em boca, de geração para geração. Cada vez que meu pai me contava uma história sobre a viagem de vovô Mohammad para o Novo Mundo eu percebia um sentimento de orgulho e nostalgia na sua voz. Eu sabia que, lá no fundo, ele esperava que eu a gravasse na memória, palavra por palavra, e a repassasse para meus filhos. Porém a verdade, para mim, é que as histórias de vovô Mohammad parecem remotas demais.

Às vezes, elas até me repugnam um pouco.

É impossível passar a vida inteira de cabeça erguida. Tomar sempre as decisões acertadas. Nunca errar. Nunca chorar.

O que me fascina muito mais são os erros do meu avô, os erros que meu pai nunca me contou. Contudo, se analiso a minha própria vida, para mim não é difícil adivinhar alguns desses erros. Principalmente, o fardo de tentar dar um valor à sua vida em meio à humilhação da rejeição.

Quando eu repetir a história do vovô Mohammad para meus filhos será de forma diferente. Não o transformarei em um santo, como meu pai faz. Até poderei desonrá-lo um pouco. E não porque não o ame. Mas porque sei que ele é humano. Contarei para meus filhos uma história com a qual eles possam se identificar. Vou querer que meus filhos tenham uma oportunidade justa de vida. Vou querer que eles cresçam sem os fardos que eu assumi. Que tenham permissão para errar.

Se eu tivesse de contar novamente a história de vovô Mohammad, seria mais ou menos assim:

Quando vovô Mohammad tinha apenas treze anos, decidiu que a vida deveria ser mais do que o seu trabalho na fazenda da família. Depois de convencer sua mãe a deixá-lo explorar o que o mundo tinha para oferecer, deixou para trás as vielas do Levante otomano e foi para o porto da cidade de Beirute. Mal sabia que só voltaria para casa vinte anos depois.

Quando chegou a Beirute, vovô Mohammad resolveu embarcar em um navio que o levasse para o Novo Mundo. Ele escolheu a Amreeka.

Enquanto caminhava pelas ruelas movimentadas de Beirute ele ouviu uns barulhos muito estranhos. Pensou que fosse uma gata no cio, mas na realidade era uma mulher que gemia. Acreditou que o baque de uma cama frágil de madeira desmoronando no chão de um primeiro andar era o som de um trovão. E concluiu que o suspiro profundo de alívio emitido pela garganta de um homem era Deus falando com ele.

— Ya Mohammad! – gritou a voz.
— Ya Mohammad! – ressoou a voz.
— Ya Mohammad! – rugiu a voz.
E depois: silêncio.

Vovô Mohammad (*em total pânico*): Amado Deus, ouço e obedeço. O que deseja de mim? Como posso servi-lo? Por favor, me perdoe. Eu não quis abandonar minha mãe, mas, sabe, eu não tive outra escolha.

Mohammad caiu de joelhos e aguardou seu castigo. O castigo veio sob a forma de um balde de água fria, interpretado como mil punhais que perfuravam seu coração. Ele esperou o túnel de luz, mas, em vez disso, se deparou com uma bela ruiva que se debruçava na janela.

Ruiva *(Furiosa, torcendo um cacho do cabelo)*: Você aí. Quem você pensa que é?

Vovô Mohammad *(Pasmo, guinchando)*: Eu sou Mohammad.

Ruiva *(Agora realmente muito aborrecida)*: Ya Mohammad, o que, em nome de Deus, você está fazendo debaixo da minha janela?

Vovô Mohammad: Por favor, me perdoe, mas eu ouvi a voz de Deus chamando meu nome. Por favor, diga a Ele que eu estou aqui. Estou preparado. Que admito que errei quando abandonei minha querida mãezinha e agora estou pronto para sofrer o castigo. Que estou aqui para me arrepender.

Ruiva *(Recuperando seu senso de humor)*: O que é que você está dizendo? Que o meu marido é Deus?

Vovô Mohammad *(Abaixa a cabeça, mas mantém os braços erguidos para a janela)*

Ruiva *(Farta dessa brincadeira, volta para dentro)*

Entra Deus.

Deus *(Peito cabeludo, olhar meio vago)*: Ei, garoto. O que você quer? Quem mandou você?

Vovô Mohammad *(Tremendo, começa a abaixar os braços bem devagar)*: Minha mãe. Sitt Abir.

Ruiva *(Irônica)*: Khalil, quem é essa Abir? Que puta é essa que você andou visitando? Já não basta eu ter de aguentar você todos os dias? Duas vezes por dia, como um relógio, durante os últimos quinze anos? Que espécie de monstro sexual é você? Que espécie de animal? Que Deus te fulmine se aquele garoto for teu filho!

(Som de um objeto quebrando, provavelmente um prato ou uma lanterna.)

Deus, vulgo Khalil *(Afasta-se da janela em pânico)*: Oh, meu amor mais doce e querido da minha vida, eu não faço a menor ideia de quem é ele!

Vovô Mohammad *(Com pureza e orgulho, implora, grita)*: Eu sou o filho de Abir!

Ruiva *(Grita)*: Khalil, quem é Abir??

Deus, vulgo Khalil *(Reaparece na janela)*: Seu merdinha. Você estragou minha foda da tarde. Vai e diz para essa mulher que não quero saber de você. Você não é meu filho. Eu não conheço nenhuma Abir!

Vovô Mohammad: Amado Deus, não somos todos seus filhos? Por favor, amado Deus, se eu ainda não morri, faça de mim o que quiser, eu o obedecerei e seguirei.

Ruiva· Khalil, para de gastar meu tempo e diz a verdade! Aquele menino é maluco ou é realmente seu filho?

Vovô Mohammad: Esposa de Deus, com sua licença, meu pai morreu quando eu era muito pequeno. Minha mãe nunca pôs os pés em Beirute. Eu não sei do que a senhora está falando. Só sei que em um instante eu estava sozinho nesta cidade grande e no instante seguinte ouvi a voz de Deus chamando meu nome três vezes: Mohammad, Mohammad, Mohammad!

Ruiva *(Entende a confusão finalmente e dá uma risadinha)*: Anda, joga umas moedas para ele e volta para a cama. É evidente que esse garoto não regula bem da cabeça.

Deus, vulgo Khalil *(Joga duas piastras de prata pela janela)*: Toma, pega o dinheiro e vai tratar da vida. E quando terminar, diga à sua mãe que mando lembranças. *(Para a mulher)*: Nós vamos nos mudar desta cidade. Só tem maluco aqui!

Vovô Mohammad: Obrigado, Deus. Eu nunca vou decepcionar o senhor. *(Vai embora correndo.)*

Seria muito fácil contar a história de vovô Mohammad desse jeito. Com humor e ironia, dentro do espírito de Beirute e do lado obscuro. Depois eu contaria para meus filhos que vovô Mohammad comeu muito bem com sua primeira piastra e não esqueceu a promessa que fizera a Deus. Seu primeiro passo foi assumir o nome terrestre de Deus. Aquele que ouvira quando a esposa de Deus o chamara. E foi assim que nossa família adotou o sobrenome de el Khalil. E eu também diria que vovô Mohammad do Khalil gastou sua segunda piastra de prata em uma passagem para o Novo Mundo.

Vovô Mohammad foi até as docas e entrou na fila dos passageiros do navio que ia para Nova York via Marselha. Segurava a passagem com firmeza; tinha as costas eretas; o ar sério; o globo ocular coçando um pouco; olhos avermelhados. O que vovô Mohammad não sabia era que durante seus cochilos nas ruelas sombrias de Beirute ele pegara uma conjuntivite.

Quando chegou sua vez de embarcar, ele foi impedido por uma força poderosa e ameaçadora que tinha dentes cariados, mas uma barba bem aparada.

— Filho, você não pode embarcar no meu navio com essa conjuntivite.

— Senhor, eu estou com a passagem aqui, na minha mão. Ela não menciona nada sobre conjuntivite.

— Filho, por favor, seja bonzinho e saia da fila. Nenhuma pessoa doente tem permissão de viajar para a Amreeka. Se quiser, você pode embarcar naquele navio ancorado no final do cais. É para pessoas doentes. Ele não o levará para a Amreeka, mas para o México. O México é um país muito bom para pessoas doentes. A Amreeka não é. Entendeu? Você pode ir a pé do México para a Amreeka. Levará muito tempo, mas, se realmente quiser ir para lá, acho que não será difícil para você.

Sem escolha, vovô Mohammad embarcou no navio dos doentes. Uma vez ele fora a pé da aldeia, que ficava no sul do Líbano, até a casa do tio, situada no norte longínquo. Levara uma semana. Ele tinha certeza de que o México não podia ser mais longe da Amreeka.

Depois de passar dezesseis anos vagando pelo México, vovô Mohammad estava tão pobre quanto no dia em que chegara. A versão da história contada pelo meu pai afirma que na noite anterior à volta do vovô Mohammad para o Líbano um grupo de bandidos invadiu a sua loja. Sem escolha, ele os recebeu com hospitalidade. Quando constatou que estavam todos felizes, comendo e bebendo, ele comunicou aos homens que ia dormir, mas lhes disse para permanecer ali o tempo que desejassem. Seu único pedido foi que, por favor, lembrassem de fechar a porta na saída. Afinal, lá fora estava cheio de bandidos.

Isso dito, ele subiu correndo para o sótão e fingiu que dormia. Entre dois roncos fingidos ele ouviu que os bandidos planejavam matá-lo. Em um piscar de olhos, vovô Mohammad decidiu fugir. Ele juntou o que podia carregar – o que não era muita coisa –, pulou a janela e deu de costas para o México para sempre.

Para dizer a verdade, creio que meu avô simplesmente teve uma crise nervosa. Não acredito que houvesse bandido algum, mas que na realidade meu avô estava cansado e morrendo de saudades de casa. Que estava profundamente triste, envergonhado, perdido, inseguro e muito solitário.

Ele nunca chegou à Amreeka.

Passamos a vida inteira tentando chegar a algum lugar e nunca percebemos que talvez já estejamos lá. Nos dias de hoje, parece que nada é suficientemente bom. Sempre queremos ter mais. E opções não faltam. Temos aviões. Temos wi-fi. Temos o divórcio.

A vida é uma bagunça.

Aprendi aqui, no meu novo apartamento, a não ter medo do escuro. Agora posso ficar sentada sozinha no escuro. Posso datilografar e até cozinhar no escuro. Mas não gosto. Não gosto mesmo. Entro em um estado de suspensão – em um estado de nada. De deriva e deixar para lá. Aqui, no meu silêncio, ouço minha respiração. E a respiração se materializa em pensamentos e os pensamentos se transformam em palavras e antes que eu perceba estou jogada no meu sofá aos prantos porque estou tão sozinha. Eu não quero admitir, mas estou. E essas são as únicas palavras que se formam nessa escuridão.

22

Mas o que define um lugar? O seu aspecto... o modo como atua... ou o tempo e o espaço em que se insere? Talvez sejam as histórias que lembramos depois.
Meu novo apartamento é um microcosmo de Beirute. Está situado em um bairro muçulmano dividido em dois. Se saio pela porta da frente estou entre as mãos de Al Mostaqbal, a milícia sunita pró-amreekan. Se resolver sair pela porta dos fundos, a porta da cozinha, caio bem no meio de Berri e Musa — os representantes da milícia Amal xiita pró-iraniana. Atualmente, esses dois partidos muçulmanos se opõem.

Não deixa de ser engraçado que um apartamento minúsculo tenha a capacidade de dividir o bairro entre essas duas facções. Durante a guerra civil dos anos 1980 essa área era uma fortaleza do Partido Comunista. Todos os moradores do meu prédio se tornaram de alguma forma partidários da ideologia comunista da rua Hamra. Esses antigos batalhadores estão aposentados agora, porém seguem lutando de maneiras novas e melhoradas pela sua antiga ideologia. Hoje são proprietários de bares, escrevem para jornais e até dirigem organizações culturais.

Meu prédio é antigo, com pé-direito alto e janelas de venezianas verdes. Como moro no primeiro andar, a vizinhança inteira vê a cor da roupa de baixo que uso.

O que pensarão de mim? A mulher divorciada que acabou de se mudar. Que mora sozinha com sua cadela, aquela criatura imunda. A mulher que veem bebendo na varanda todas as noites. Deve ser vinho, porque ela bebe o líquido de uma taça de vinho. Ou talvez vodca, porque às vezes a rua inteira ouve o tilintar das pedras de gelo. Quando espirro, a vizinhança inteira sabe que estou doente. Eu me pergunto o que acontecerá se algum dia eu receber um homem na minha casa. Se minha irmã nos ouvirá no andar de cima. Ou os vizinhos que moram embaixo.

Ouço meus vizinhos do andar de baixo o tempo todo. Ontem à noite eles discutiram. Mas o som estava abafado demais para que eu pudesse entender o que diziam. Hoje de manhã fui visitar Um Tarek para saber das fofocas. Um Tarek, minha vizinha egípcia, mora no segundo andar. Ela é a nossa mulher dos gatos. Cuida dos gatos abandonados do bairro, e sua porta está sempre aberta. Alguns gatos se apaixonaram por Um Tarek e decidiram morar com ela. Outros se satisfizeram com a comida de graça e somente a visitam de vez em quando. Desde que chegou, em 1974, Um Tarek salvou a vida de mais de mil gatos no nosso bairro.

Subi a escada evitando as poças de mijo dos felinos. A porta de Um Tarek estava aberta. Bati e pedi licença para entrar.

— Entra, ya Zena. Entra, acabo de sair do chuveiro, espere só um instante. Senta, eu já vou — respondeu lá de dentro a voz rouca de Um Tarek.

— Está bem, obrigada.

Passei nas pontas dos pés e, bem devagar, por cima de alguns gatos deitados comodamente na soleira da sua casa.

— Por favor, me desculpem, eu só vim fazer uma visitinha à sua tia.

Deixei-me cair no sofá e por pouco não amassei um gatinho branco enroscado debaixo de uma almofada. O apartamento de Um Tarek era o que poderíamos chamar uma bagunça organizada. Na minha frente, havia uma prateleira cheia de fotografias dos seus filhos e dos gatos, tiradas aos longo dos anos. Um pequeno vaso com flores de plástico brancas que pareciam jasmins gigantescos. À minha direita, as plantas da varanda invadiam a sala de estar.

— Um Tarek, suas plantas estão invadindo a sala de estar. Você nunca fecha as janelas?

— Claro que não. Eu preciso deixá-las abertas. Por causa dos gatos. Senão eles não conseguem voltar para casa.

— Mas você não sente frio no inverno?

— Sinto, mas o que é que eu posso fazer? Alguém precisa ajudar essas pobres criaturas.

Enquanto falava, Um Tarek secava o cabelo com uma toalha. O cabelo era todo cacheado e de um lindo tom de vermelho da hena recém-aplicada. Ela usava um roupão de banho cor de ameixa e sandálias de dedo turquesas. Debaixo do outro braço carregava um gatinho cinzento que, pelo jeito, acabara de tomar uma ducha com ela. Um Tarek sentou ao meu lado no sofá.

— Sua sala de estar está se transformando em uma selva — comentei.

— Eu sei. Os gatos preferem assim. Eles acham que estão na rua. É importante que se sintam assim, porque senão adoecem e morrem. Eles enlouquecem se sentirem que estão entre quatro paredes ou presos. O gato de Nibal, a mulher que morava no seu apartamento antes de você, ficava preso em casa o tempo todo. Ele tomava tantos remédios. Fiquei com ele quando ela se mudou. No início o deixei dormindo na rua durante algumas semanas. Para fortalecer a imunidade. Depois permiti que entrasse e me visitasse de vez em quando. O coitadinho estava tão magrinho. Nem sabia caçar sua própria comida. Agora está forte como um boi. Não precisa mais de remédios. E entra e sai à vontade.

Ela desviou os olhos para o gatinho cinza que se acomodara em cima das suas coxas e tentava se secar esfregando o corpo no roupão de banho.

— É com este aqui — continuou ela apontando para o gato —, com este aqui, que estou preocupada. Ele tem eletricidade na cabeça. Dia sim, dia não, ele tem uma crise e enlouquece. Hoje de manhã teve uma bem ruim. Saiu correndo do apartamento como se estivesse possuído ou algo assim. Arranhou um monte dos outros gatos e depois começou a dar voltas em círculos sem parar até cair no chão. Encontrei-o aqui no chão, coberto com suas próprias fezes, mijo e saliva branca. Quando ele se acalmou, levei-o para debaixo do chuveiro comigo. Coitadinho.

— Você acha que é epilético?

— Não sei o que é. Os vizinhos dizem que ele é amaldiçoado e que Deus decidiu que seu destino seria esse. Ele pode morrer de uma hora para outra. Mas eu preciso cuidar dele enquanto der. Foi Deus quem o mandou entrar pela minha porta.

— Um Tarek, muita gente vive a vida inteira com epilepsia e as pessoas nem percebem. Há remédios para isso. Podemos conseguir algum para o gato.

— Não. Não. Não daria certo, nunca. Você já tentou dar remédio a um gato? É quase impossível. Este aqui nasceu na rua e morrerá lá. É muito tarde para domesticá-lo. É o seu destino. Tentar dar algum remédio para ele seria um insulto.

— Então por que não damos uma injeção e acabamos com o seu sofrimento? – perguntei.

— Deus me livre! Zena, como é que você pode sugerir uma coisa dessas? Todos nós viemos com limitações para este mundo. É nosso desafio e nosso destino viver com elas. Não sabemos o que se passa na cabeça deste gato. Não podemos julgá-lo. Só Deus pode.

— Desculpe, Um Tarek – respondi olhando meio sem jeito para meus pés. – Você tem razão.

Não valia a pena discutir, porque ninguém jamais conseguiria interferir entre Um Tarek e sua conexão espiritual com os gatos.

— Um Tarek, você ouviu os vizinhos discutindo ontem à noite?

— Como poderia não ouvir? Eu moro bem em cima deles.

— Você sabe o que aconteceu?

— Zena, Zena, Zena... você ainda é nova no bairro e há muitas histórias que você não conhece – ela deu uma risadinha e acariciou o gato cinza já quase seco. – O casal que mora embaixo de você é muito infeliz. O marido acaba de descobrir que Um Adnan, sua mulher, está de caso com um menino mais novo do que seu filho. Na verdade, ele não tem muita certeza, mas volta e meia a acusa disso.

Um Adnan era uma mulher corpulenta que devia ter uns cinquenta anos. Recentemente, depois de ter sido fiel ao marido por mais de vinte anos, decidira que teria um caso com outro homem porque a vida era muito curta e ela queria aproveitá-la. Cortou o cabelo bem curto, pintou-o de uma cor louro-alaranjada e saiu à caça de um amante. De noite caminhava para cima e para baixo na nossa rua vestida em um short muito justo e uma camiseta simples. Queria parecer jovem e moderna deixando à mostra a gordura acumulada nos quadris desde o casamento. Não se importava que as moças fossem magras com um palito hoje em dia. Um Adnan estava convencida de que os homens realmente desejavam um corpo como o seu. Um lugar macio para se deitar. Seios tão imensos como montanhas, em que podiam esquecer o resto. Uma pele que se estendia a perder de vista, para acariciar até o infinito. Um Adnan, a caçadora, não precisou esperar muito. Uma semana depois da mudança de penteado seu marido contratou um migrante, um jovem operário sírio, para fazer umas obras no apartamento. A mão de obra síria é muito barata e Abu Adnan ficou muito feliz de ter tido tanta sorte com Youssef. O rapaz acabara de chegar de Aleppo e ainda era muito inexperiente. Abu Adnan prometeu casa e comida em troca dos seus serviços. Youssef concordou e foi contratado na mesma hora.

Naquela mesma noite, Um Adnan saiu da cama de mansinho e foi até a cozinha para dar uma olhada nesse novo membro da família. Youssef dormia no chão, em cima de um colchonete. A parte inferior do corpo estava coberta com um lençol. Ele dava a impressão de estar nu. O verão estava no final e Um Adnan viu as gotas de suor no seu peito liso. Youssef não devia ter mais de vinte anos e era raro encontrar um homem árabe sem pelos no peito. Um Adnan foi até a geladeira e pegou uma garrafa de água. Ficou em pé, parada ao lado de Youssef, e bebeu e bebeu. O corpo dele era musculoso por causa do trabalho físico. O cabelo, de um louro sujo, era desgrenhado, algo muito comum nos homens da cidade de Youssef. A pele tinha um bronzeado dourado. Ele devia ter passado o início do verão trabalhando na fazenda do tio. O trabalho puxado e excessivo no meio da bosta de vaca convencera-o de que chegara o momento de trocá-lo por algo maior e melhor. Sua mudança para Beirute foi rápida e drástica. E toda a vizinhança sabia do seu caso posterior com Um Adnan, menos Abu Adnan.

— Então Zena, como você está vendo, essas brigas acontecem pelo menos uma vez por mês. Abu Adnan acusa a mulher de ter um caso, enquanto Youssef espera sentado. Além disso, Abu Adnan nunca reclamou da demora excessiva das obras que ele fez na casa. O que faz todos imaginarem que também há uma relação suspeita entre Youssef e Abu Adnan! Mas todos fingem que não sabem o que está acontecendo e nós aguentamos as brigas mensais como um elemento de diversão.

— Uau. Eu jamais teria adivinhado. Eu achava que Youssef era filho deles.

— Bem, ele certamente age como se fosse. Aquele menino mora há quase um ano debaixo do teto deles. Ele dorme, come e fode de graça. Bem-vinda ao seu novo bairro, Zena.

— E esse tempo todo eu achava que Youssef fosse Adnan. E Adnam, onde é que ele foi parar?

— Adnan é mais velho. Está casado e mora quase no final da rua. Todos que moram nessa rua são aparentados, de uma forma ou de outra.

Era verdade. Minha irmã morava no andar de cima do meu apartamento. E acima dela morava Amira, casada com Andreas, um alemão muito simpático. Eles têm um filho e são muito felizes. Às vezes ouço Amira brincar de esconde-esconde com o filho na escada. Será que um dia poderei experimentar esse prazer? Ao ouvi-la tenho uma sensação agridoce. Eu quero aquela vida, no entanto empurrei-a para longe de propósito tantas vezes. Parece tão fácil quando ouço Amira. Ela faz isso com tanta naturalidade. E me faz sorrir.

Conheci Amira quando estávamos na universidade. Acho que seu relacionamento com sua melhor amiga era muito parecido com o meu relacionamento com Maya. Nós quatro nos casamos mais ou menos na mesma época. Amira e sua melhor amiga engravidaram. Maya e eu nos divorciamos. Pouco depois da morte de Maya cruzei com Amira em um bar. Ela me contou que acabara de desmamar o filho e estava felicíssima por poder tomar cerveja de novo. A melhor amiga dela também estava lá. Elas conversavam sobre os filhos. Saí correndo do bar e jurei que nunca mais queria vê-la. Como o destino pode ser tão cruel? Por que não podia ser Maya e eu naquela mesa? Por que me deixaram para trás?

Mudei-me para o prédio de Amira um ano depois. Eu me pergunto se não havia sido o destino que me pregara uma peça. Ou talvez Beirute simplesmente seja assim. Pequena.

Agridoce.

Incestuosa.

Inevitável.

Quem sabe... talvez um dia eu tenha filhos e talvez eles brinquem com os filhos de Amira. Talvez um dia namorem e se casem. É possível.

Aqui tudo é possível.

Tenho certeza de que conseguirei conhecer um homem que me engravidará.

Quero o meu árabe montado no seu cavalo, com sua espada e poesia e vinho.

23

Em 1996, Kamal convidou-me para ir ao teatro.
Eu não me sentia atraída por ele, mas não quis recusar. Ele era tão gentil e simpático.
Naquela época, havia apenas dois teatros semiativos em Beirute. Depois da guerra civil se tornara difícil atrair o público. Acho que a guerra civil passou a ser uma apresentação teatral que durou quinze anos, e da qual o povo libanês estava simplesmente saturado.

Determinados a não permitir que o teatro morresse no Líbano, alguns autores e atores escreviam algumas peças por ano com o pouco patrocínio que conseguiam apenas para manter viva a alma do teatro.

Não consigo lembrar o nome da peça a que assistimos. Mas lembro do que Kamal disse enquanto comprávamos as entradas.

Eu usava uma saia comprida bege com grandes manchas azuis e verdes. Elas deviam representar margaridas abstratas.

Acho que Kamal quis me fazer um elogio:

— Você está parecendo uma vaca, mas eu adoro carne.

24

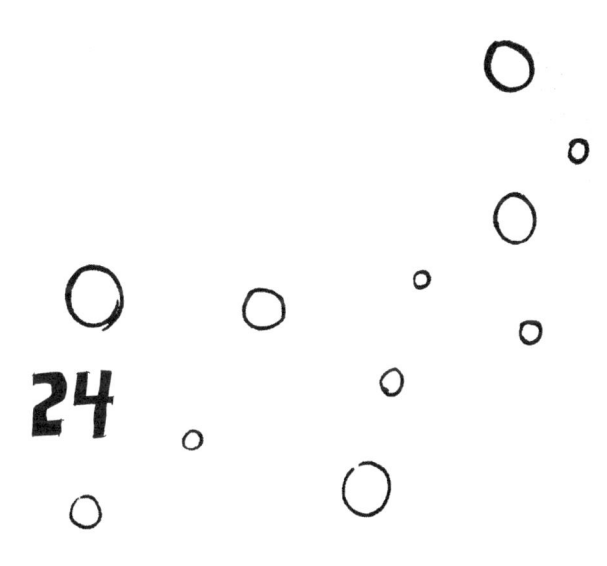

— Farah, quantos anos você tem? — perguntei.
Eu estava comprando material artístico. Farah, uma moça jovem, me atendia. Ela empurrava o carrinho de compras enquanto eu o enchia de enfeites brilhantes, contas e penas coloridas.

— Eu tenho quinze anos, senhorita Zena.
— Você ainda estuda?
— Estudo. Estou quase terminando o colegial.
— E o que vai fazer depois?
— Para ser franca, eu mal posso esperar o dia em que vou ouvir a boca de um homem me chamar de sua esposa.
— Claro, é uma boa ideia, mas e antes disso?
— E o que mais há para fazer? Se Deus quiser, ouvirei essas palavras logo. É bom estar casada, não é? Deve ser a melhor coisa do mundo. Mal posso esperar para cuidar do meu marido. Cozinhar para ele. Fazer cócegas. Ter filhos com ele. E não faz mal se o dinheiro for pouco, porque eu sei que Deus me mandará o que preciso e mereço. Não é mesmo, senhorita Zena?
— Você está perguntando para a mulher errada. Eu acabo de me divorciar do meu marido. Cansei de dar de comer para ele e lavar sua roupa. Além disso, ele não sentia cócegas. E acho que parei de acreditar em Deus.
— Não! Nunca diga isso. Que Deus a perdoe! — exclamou Farah em pânico, juntando as mãos e jogando um beijo para o teto.
— Não se preocupe, Farah. Deus vai me perdoar, mas Ele certamente não vai perdoá-la se você não terminar seus estudos. E jogar beijos para Ele não vai ajudá-la a obter as suas graças. Mas uma educação vai.
— Senhorita Zena, me desculpe, mas preciso voltar ao trabalho. Lamento muito pelo seu divórcio, mas talvez tenha recebido o que mereceu.
— Obrigada, Farah, eu certamente recebi.
Continuei as minhas compras, enchi o carrinho e empurrei-o até o caixa. A mulher atrás do balcão abaixou os olhos para evitar meu olhar e murmurou que eu devia pôr minhas compras em cima do balcão. Farah, que estava parada atrás dela e também desviava o olhar, não parava de remexer no seu véu. Comecei a tirar as compras do carrinho, uma a uma. Bem devagar. Calmamente. Eram fitas de cetim cor-de-rosa. Flores de plástico roxas e cintilantes. Estrelas douradas reluzentes. Sacos e mais sacos de contas cor-de-rosa. De todas as formas. De todos os tamanhos.
— Vai pagar em dólares ou em liras libanesas?
— Dólares — respondi, entregando meu cartão de crédito.
— Farah, o que fará você feliz é isto: a independência. Depois você poderá decidir sozinha onde e em quem aplicará a sua energia.
Terminei de pagar e saí da loja. Eu me sentia muito mal. Havia brigado com Farah em vez de abraçá-la. Acho que ainda restava alguma amargura em

mim por causa do divórcio. Com apenas algumas palavras ela fora capaz de fazer aflorar um ser horrível em mim.

Guardei as coisas no carro, tranquei-o e liguei para Nour, que morava na mesma rua, perto da loja.

– Nour! Oi, é Zena. Você não imagina o que acabou de acontecer... Eu estava comprando umas coisas para a minha instalação e... Sabe aquela moça que trabalha lá? É, Farah. Bem, eu acabo de ter uma briga com ela. Posso dar uma passada aí?

Nour concordou, mas avisou que estava no meio de uma sessão de depilação. Ela fez uma pausa e depois disse que eu fosse imediatamente e aproveitasse para fazer uma depilação também.

Caminhei até o prédio de Nour. Ela morava em uma zona de Beirute chamada *Mar Elias*. Era um bairro com moradores de várias religiões, o que o tornava um pouco perigoso. Cada vez que as coisas se descontrolavam politicamente isso sempre se manifestava primeiro em *Mar Elias*. Os sunitas culpavam os drusos. Os drusos ameaçavam os xiitas. Os xiitas acusavam os maronitas. Os maronitas juravam libertar o Líbano dos muçulmanos. Uma bomba explodia na beira de alguma estrada. Pneus eram jogados no meio da rua e incendiados.

Mar Elias significa "Santo Elias", em português.

O prédio de Nour estava decorado com um fileira de luzes e fitas, e a entrada fora coberta de folhas de palmeiras. Tudo indicava que um morador do prédio acabara de chegar do Haj, a peregrinação anual a Meca.

Sentindo-me um pouco rabugenta passei pela entrada empurrando as folhas para o lado.

Pensei: como se não tivéssemos questões suficientes para tratar em relação ao meio ambiente, eles agora precisam cortar as árvores.

Apertei o botão do elevador, a luz cor de laranja acendeu. Ótimo, havia luz. Eu não ia subir pela escada três andares naquele calor. Entrei no elevador, murmurei minha oração habitual para elevadores, torcendo para que a luz não acabasse e eu ficasse presa. Três andares depois me deparei com o pai de Nour parado na porta do apartamento.

– Olá, *Amo*, Nour está?

– Está, está, entra. Está ocupada, está no quarto, vai, entra, e desculpe se não vou com você.

Atravessei o corredor e bati na porta do quarto.

– Quem é?

– Quem você acha que é? – respondi entrando, sem esperar uma resposta.

Nour estava deitada na cama e debruçada sobre ela estava Awatief, a mulher da cera de açúcar. Quando entrei, Awatief estava arrancando das pernas de Nour um pedaço da sua cera elástica especial. Nour fez uma careta de dor e sinalizou com os polegares para entrar e fechar a porta.

— Olá, Awatief, como vai? Torturando Nour como sempre?

— Olhe, eu não entendo vocês, moças. Vocês abandonam seu país, se mudam para o oeste e começam a raspar as pernas. Começam a se comportar como mulheres europeias. Não têm tempo para comer. Não têm tempo para arrumar o cabelo. Não têm tempo para amar. Não têm tempo para se depilar. Olhe só para essa bagunça que eu preciso arrumar.

Awatief amassou uma nova bola de cera de açúcar e pressionou-a contra a perna de Nour.

— Awatief, eu acabo de me divorciar. Por favor, seja boazinha comigo.

— O quê? O que foi que ele fez? Quem é ela? Me conta, para eu mandar meus irmãos atrás dela!

— Quem disse que foi por causa de outra mulher? Por que tem de ser sempre por causa de outra mulher? Por que ele tem de ser o culpado?

— E quem mais poderia ser o culpado... você? Você está apaixonada por outro? Ahhhh... sua diabinha. Você transou com quem? E, por favor, não me diga que também começou a raspar as pernas.

— Awatief. Eu não transei com ninguém. E acho que ele também não. Eu só estava paralisada.

— Ele era ruim de cama?

— Para dizer a verdade, não sei. Eu nem sei mais o que é bom ou ruim. Esqueci como a gente se sente quando ama. Esqueci o que significa receber um pouco de carinho. Éramos como dois lobos e nunca sentíamos prazer. Nem ele nem eu.

— Isso é péssimo. Agora você entende. Você entende por que eu nunca me casei. Os homens árabes são todos uns loucos. Só querem entrar e sair. Nada de beijos. Nada de abraços. Nada de carinho.

— Não, Awatief, você não deve julgar assim. Não tem nada a ver com o fato de ser árabe.

— Ah, mas tem sim. Ficamos sentadas aqui nos perguntando quando morreremos e enquanto isso o resto do mundo segue sua vida na maior normalidade. O resto do mundo não pensa sempre na morte como nós. Nós somos obcecados pela morte. Não queremos morrer, mas sabemos que quanto mais cedo morrermos mais cedo iremos para o Paraíso. Por outro lado, os homens são os únicos que irão para lá. Então, o que acontecerá conosco, as mulheres? Nada. Ficaremos aqui até aquelas malditas quarenta virgens ocuparem nosso lugar. Então, quem liga para carinho? Eles não ligam para isso. Eles não precisam dar nada porque receberão tudo. Eles não ligam para o agora. Então, sua mentalidade é dar uma rapidinha hoje. E, quando chegarem ao Paraíso, então levarão um tempo eterno com suas virgens eternas. Aquelas malditas virgens eternas reconstroem seus hímens em um passe de mágica todas as noites depois de uma trepada intensa.

E arrancou a cera da outra perna de Nour, que deu um grito de dor.

– Ya, Awatief, não precisa arrancar minha pele! Eu estou do seu lado! Você deixou o açúcar grudar demais. Olhe, se quiser falar dos homens espera até terminar a depilação. Não descarrega em cima de mim. Você não acha que já sofri o suficiente? Além disso, os homens árabes não são os únicos que têm problemas. Namorei um europeu durante dois anos. Eles não são melhores. No início eram só jantares e vinhos caros. Depois ele me fez acreditar que éramos almas gêmeas e que a Terra ia parar para nós. Fui para a Europa com ele e, é claro, começamos a planejar viver juntos. Eu me encarreguei de tudo, procurei um apartamento maior e consegui um emprego fantástico. Então, um dia ele simplesmente foi embora. Sem motivo algum. Disse que não acreditava que eu deixaria minha família em Beirute e me mudaria para a Europa com ele. Lembrei àquele idiota que já estávamos na Europa e que eu já deixara Beirute. O que diabos estava acontecendo com ele? Ele disse que minha família nunca aceitaria nosso relacionamento. Perguntei por que isso seria tão importante para nós. Eu já estava vivendo na Europa com ele no pecado e estava gostando muito, e não tinha a menor intenção de voltar para Beirute, isso sem falar que eu não dava a mínima para o que minha família pensava dele.

– Ele foi embora naquele mesmo dia. Saiu de casa e me deixou sozinha em uma cidade estranha em um país estranho. E sabem por quê? Sabem por quê? Porque não aguentou viver com uma mulher de verdade. O que ele queria era salvar uma pobre mulher árabe. Queria ser um colonizador. O conquistador. Queria que eu chorasse todas as noites a seus pés e lhe agradecesse por ter me libertado do meu contexto muçulmano difícil e opressivo. Parou de se interessar por mim quando percebeu que as mulheres árabes não eram nem pobres nem oprimidas. Aquele filho da puta de merda me fez pôr minha vida nas malas e me mudar para a Europa e depois ficou entediado. Mas eu não o culpo. Culpo a mim mesma por ter sido tão cega. O problema não são os homens. Somos nós. Nós somos inteligentes demais para o nosso próprio bem. Nós devíamos apenas jogar o jogo deles e bancar as idiotas. Ele queria uma muçulmana oprimida. Eu deveria ter me comportado como tal. Ele queria uma mulher submissa na cama. Eu deveria ter sido submissa. E cortar com os meus dentes a droga das suas unhas dos pés. Awatief, isso é o que está errado com você. E para de me olhar desse jeito. Anda, o açúcar está esfriando. Volta para o trabalho.

— Sabe, Nour, não é o fim do mundo. Pelo menos você conheceu a Europa. E eu, eu estou emperrada nesta cidade imunda e sou obrigada a depilar mulheres o dia inteiro, ouvindo suas fofocas estúpidas sobre quem fode quem, qual dos ministros do governo está na folha de pagamento e qual dos partidos políticos aceita doações da Amreeka. Enquanto isso, tenho de depilar sem parar suas bocetas velhas que elas nunca usam. Pelo menos não com os maridos. E certamente não com os amantes. Só Deus sabe onde enfiam seus buracos hoje em dia. Por falar nisso, Zena, você vai querer uma depilação?

— Por que não?

Sentei-me na cadeira, de frente para ela.

— Nour, Awatief depilou a sua você-sabe-o-quê?

— Depilou. E você deveria fazer o mesmo.

— Não, não, acho que não. Se depilar, significará que quero ter sexo ou algo parecido. Acabei de me divorciar e, para dizer a verdade, ir para a cama com outro homem é a última coisa que passa pela minha cabeça.

— E que tal outra mulher? — retrucou Awatief. — Ou você acha que só os homens devem ter o prazer de chupar uma boceta macia?

— *Awatief*! Como você pode falar desse jeito? E, por favor, eu não tenho boceta, eu tenho *punani*. Faça o favor de respeitá-la e chamá-la pelo nome certo. Além disso, não quero ser igual a todas aquelas mulheres.

— Quais? — perguntou Nour.

— Você sabe, aquelas. Aquelas mulheres libanesas que desistiram dos homens... e optaram pelas mulheres. Eu não vou fazer isso. Eu gosto de homens. Eu gosto de trepar com homens. Eu só estou um pouco fragilizada no momento.

Awatief começou a rir e Nour também. O riso começou devagar e depois aumentou, até Awatief chorar de tanto rir.

— Por favor, por favor, parem. Eu não aguento mais, vou mijar na calça.

— O quê? O que foi que eu disse?

— Você é tão engraçada... Vem cá. Senta aqui. Eu vou depilar a sua pequena puna... punan... como é mesmo que você disse? Hoje é de graça. E você vai ver. Daqui a três semanas, quando os pelinhos recomeçarem a crescer, você vai me ligar para outra depilação. Por quê? Porque você terá a melhor experiência sexual da sua vida. Não importa se for com um homem ou com uma mulher, você é quem sabe. Mas, seja como for, por favor, não demore, porque eu juro por

Deus que se você alguma vez me disser novamente que se sente "fragilizada" eu vou mandar os mercenários de Deus atrás de você. Só que, ao contrário daquelas virgens de merda, o seu hímen nunca mais se fechará novamente. Zena, você não pode ser frágil e querer viver em Beirute. Não pode. Uma coisa não tem nada a ver com a outra. Se quiser ser frágil vá para a Amreeka. Lá eles têm aqueles programas de auditório em que você pode falar sobre os seus sentimentos e sobre como você está fragilizada. Eles adoram esse tipo de coisa. Aqui, se disser para alguém que você está fragilizada, isso será um convite para que mexam com a sua cabeça. Agora vem e senta que eu vou transformar você em uma mulher de verdade. Tira a calcinha e abra as pernas. Eu não vou machucar você.

Doeu o diabo.

Cada vez que ela puxava a mistura de açúcar eu via estrelas. Ela começou no alto e foi trabalhando até embaixo, entre as minhas pernas. Quando chegou nas partes mais sensíveis eu quase desmaiei de dor.

— Por favor. Por favor, para. Eu não aguento mais.

— Não posso parar agora. Não terminei e eu nunca deixo nada pela metade. Só mais uma vez. Fica firme.

Eu estava deitada na cama, com as pernas escancaradas, parecendo que ia dar à luz a qualquer momento.

Ela espalhou o açúcar bem em cima do meu clitóris e puxou. Eu dei um grito e Nour colocou a mão em cima da minha boca porque os pais moravam no apartamento do lado. Claro que eles sabiam que estávamos sendo depiladas, mas não havia nenhuma necessidade de alardear aos berros que também estávamos depilando nossas partes íntimas. Meu celular tocou naquele instante. Era minha irmã.

— Alô? Alô? Zena, você está bem?

Seu tom de voz dava a impressão de que ela estava em pânico.

— Não, não exatamente. Se você soubesse o que acabou de acontecer...

— Eu sei. Eu sei. Você está bem? Você estava perto? Por falar nisso, mamãe está bem.

— Como assim, Lana? O que aconteceu com mamãe?!

— Zena, explodiram uma bomba. Bem do lado de fora do escritório de mamãe. Explodiu não faz nem dois minutos. Mas ela está bem... onde você está?

Fiquei pasma. Comecei a chorar.

— Estou bem, Lana. Estou bem. Estou na casa de Nour. Não se preocupe. Escuta, eu ligo depois. Liga para todo mundo para ver se estão todos bem. Não posso falar agora.

Desliguei e tentei ligar para a minha mãe. A ligação não completava.

— Merda! A ligação não completa.
— Zena, o que houve? Outra bomba? Onde? Todo mundo está bem?
Nour encheu um copo com água para mim.
— Toma, beba isto e se acalme.
— Eu estou bem. Estou bem. Awatief, termine, por favor. Não dá para falar com ninguém agora. As linhas estão todas congestionadas. Todo mundo está ligando para todo mundo. Por favor, Awatief, acaba logo com isso. Eu quero ter alguma dignidade quando sair daqui hoje. Não me deixe sair depilada pela metade.
Pensei na fotografia que Man Ray tirou dele mesmo depois de barbear metade do rosto. É engraçado... as coisas que passam pela nossa cabeça em tempos de estresse...
O resto da depilação prosseguiu em silêncio e terminou em poucos minutos. Fui ao banheiro, me lavei e me vesti. Quando saí, Awatief já tinha ido embora. Sentei-me em silêncio ao lado de Nour.
— Zena, sabe que a bomba explodiu no instante em que você deu aquele grito?
— Sei, e não consigo parar de pensar nisso. No mesmo instante em que Awatief exaltava meus órgãos sexuais alguém perdia um pai, um irmão, uma irmã, uma mãe, um amigo. Eu quase perdi minha mãe. Imagine minha mãe saindo de casa hoje de manhã cedo ou atravessando a rua para comer qualquer coisa ou indo apanhar um pacote... ela poderia ter... sumido. Sumido com a bomba. E quando as pessoas me perguntarem o que eu estava fazendo quando a bomba explodiu eu terei de responder que estava depilando minha boceta. É demais. Nour, é demais. Eu preciso ir embora daqui. Nós precisamos ir embora daqui. Não consigo fazer mais nada. Como sempre.
— Ir embora? Para onde nós iríamos? Você acha que eu consigo um visto sem mais nem menos?
Olhei para meus pés. Eu me sentia um pouco culpada, porque no fundo sabia da minha sorte por ter um passaporte estrangeiro. Eu podia ir embora a qualquer momento. Ir a qualquer lugar. Mas Nour poderia ficar presa aqui para sempre.
— Não se preocupe, eu não vou abandonar você — tranquilizei-a. — Não abandonei Maya e não vou abandonar você.
— Graças a Deus que Maya não está aqui e não passou por essa confusão. Ela partiu no momento certo. Agora está livre. A gente não.
— Não se preocupe, Nour. Vai dar tudo certo. Eu sinto que vai. Nós vamos ficar bem. As únicas pessoas que temos de convencer somos nós mesmas. Vamos, vista-se. Vamos tomar um drinque no Torino. Tenho certeza de que todo mundo estará lá hoje à noite. Precisamos nos consolar uns aos outros.

Além disso, nossa *punani* está suave como uma bunda de bebê. Vamos tomar um drinque.
— Zena, eu achei que no momento você não queria ver ninguém.
— E não quero. Mas quando as bombas explodem você percebe que a vida é curta demais para dar uma de frágil. Vamos fazer que Awatief se orgulhe de nós. Homens... mulheres... Hoje à noite eu aceito o que vier.
— Uau, Zee! Gostei dessa nova Zena.
— Evitamos as bombas. Essa é a nossa realidade. Temos de conviver com ela. Não podemos negar o lugar onde vivemos, porque se for assim o melhor é nos pouparmos da agonia, nos mudarmos para a Europa e andarmos de metrô em paz.
— De metrô? Então você não sabe que estão explodindo os metrôs também?
— Isso. É exatamente isso. Acabamos morrendo, não importa onde estivermos. Então, temos de correr o risco de uma bomba em um metrô europeu ou nos arriscarmos em Beirute. Eu escolheria Beirute sem pestanejar. Se morrer aqui, pelo menos terei um enterro decente. Se morrer na Europa morrerei sozinha. E se por acaso no dia fatídico eu tiver esquecido os documentos em casa, como costuma acontecer, as pessoas nunca saberão quem sou eu. Quem é meu corpo. A gente pode dizer isso? É correto gramaticalmente? Quem é meu corpo?

Tentei ligar para minha mãe outra vez mas novamente a ligação não completou.
— Zena, você acha que alguma vez poderemos falar sobre esse dia no passado? Você acha que seremos capazes de dizer coisas como "Ei, lembra daqueles dias quando as bombas explodiam dia sim dia não... caraca, foi há tanto tempo... até parece que tudo não passou de um sonho".
— Francamente, não.
— É. Eu também não acho. Pelo menos não nesta vida.
— E certamente não com o tipo de vizinhos que temos. Enquanto eles não resolverem seus problemas teremos de conviver com as bombas.
— Eu concordo. Deveríamos mandar Awatief cruzar a fronteira e depilar a porcaria de todo mundo. E depois deveríamos mandar um baseado bem grande e grosso e obrigar os políticos a fumar o baseado até o fim. E depois todos podem se foder, porque eu estou de saco cheio de ser fodida por eles.

Caí na gargalhada.
— Nour, se não sairmos agora para tomar esse drinque ninguém irá beijar você hoje à noite.

Tentei mais uma vez ligar para mamãe.
Novamente a ligação não se completou.

25

Quando não são as bombas, são os bloqueios nas estradas.
Quando não são nossos vizinhos, é o país inteiro.
Beirute. Violência. Amor. Família. Vida.
Isso é a vida.

Precisei me ausentar de Beirute durante algumas semanas. Era a primeira vez que viajava sozinha há anos. Eu havia sido convidada para participar de uma conferência em Oslo. Minha primeira conferência oficial. Era muito bom. Sentia-me forte e independente outra vez. Eu queria absorver Beirute pelo lado positivo e compartilhar esse lado com o resto do mundo. Tudo estava indo muito bem. A conferência foi um sucesso. Falei de Beirute. E apesar de me ausentar apenas alguns dias, havia nostalgia na minha voz, um tom carinhoso que surpreendeu muitas pessoas.

Quando estamos em Beirute a prioridade número um da nossa lista é fugir. Quando colocamos um pé no exterior nos sentimos péssimos. Sentimos falta dela. Conscientizamo-nos do quanto ela é bela. Lembramo-nos somente das coisas boas. Do amor. Da família. Das montanhas. Do mar. Da comida excelente e fresca. Do café com gosto de café. Das piadas que nos fazem rir durante horas. Das rugas da nossa avó. Da história. Da cultura. Do calor. Da segurança.

Na conferência tentei explicar o sentimento incomparável de liberdade em relação ao resto do mundo. Que dentre todos os países do Oriente Médio o Líbano era o que mais valorizava a liberdade de expressão e da palavra falada.

Foi quando Hind me ligou de Beirute.

Ela disse que de um dia para o outro as milícias do Hezbollah e do Amal haviam bloqueado as ruas para paralisar a cidade. Aparentemente, havia uma espécie de greve popular. Essa situação já durava alguns dias. Ela não conseguia acreditar. Era como se achássemos que a porcaria pela qual tínhamos passado nos últimos dois anos não fosse suficiente.

Ela resolvera ir à praia. Era seu jeito de resistir. Já haviam se passado dois dias desde que fora impedida de ir trabalhar e não aguentava mais ficar em casa. Todas as principais ruas que desembocavam no seu bairro estavam bloqueadas, mas ela estava segura de que encontraria uma saída. O verão estava começando e eles não iriam estragar o dela. Hind entrou em uma rua secundária que dava na rua onde ela morava e passou pela ponte que ia para o centro de Beirute. Sabendo que provavelmente haveria postos de controle na ponte, preferiu seguir pelo túnel que passava embaixo dela. O túnel era comprido. Era aquele onde haviam descarregado cadáveres durante a guerra civil. Como a maioria de nós, ela sempre sentia arrepios na espinha quando passava por ali. Mas era o caminho mais rápido para chegar ao seu destino, e Hind pisou fundo no acelerador. Queria atravessar o túnel o mais rápido possível. O túnel estava um breu. Haviam cortado a luz. Ela acendeu os faróis altos. Não viu nenhum carro. Com medo das manifestações e dos bloqueios, a maioria das pessoas resolvera ficar em casa. Tentando não pensar em nada, Hind continuou. Aos poucos começou a ver uma luzinha no fim do túnel. Estou quase lá, pensou. Até que não foi tão ruim assim.

Mas Beirute é cheia de surpresas. E quando Hind estava chegando ao fim do túnel um rapaz surgiu de um canto sombrio e posicionou-se bem no meio da galeria. Hind freou bruscamente e parou o carro. Seu pulso acelerado latejava e, de repente, ela sentiu um gosto amargo na boca. O rapaz usava roupas civis, mas carregava uma arma que ela conhecia muito bem: uma Kalashnikov. Ela me contou que reconheceu a arma porque a havia visto muitas vezes em meus trabalhos. O cabo de madeira e o cartucho de balas, retangular e curvo, eram inconfundíveis. Ela se lembrou das histórias da guerra civil, como podiam nos assassinar em um posto de controle se houvesse objeções à nossa religião. Mas agora os tempos eram outros. Não havia nenhuma guerra civil.

Ela disse a si mesma para não perder o controle.

Abriu a janela do carro e com um sorriso educado desculpou-se:

— Sinto muito, não vi você.

— Não faz mal. Eu estava me escondendo de propósito.

Ele não devia ter mais do que dezessete anos. Hind olhou para seu rosto e notou o bigode ralo. Ele nunca se barbeara.

— Posso passar? — perguntou educadamente, porém com firmeza.

— Desculpe, mas não pode não. Todas as estradas estão bloqueadas. De onde você está vindo?

Sem saber se devia dizer ou não, Hind desviou o olhar.

— Pode falar. Não vou matar você. Não estamos em uma guerra civil. Só me diga de onde veio e eu mostrarei como voltar.

— *M'saitbeh* — respondeu Hind olhando bem nos olhos dele.

Não era razoável ter medo de um rapaz com a metade da sua idade.

— Obrigado. Infelizmente você terá de retornar pelo mesmo caminho de marcha a ré. Você não pode dar a volta aqui, não tem espaço suficiente. Vai ter de dar uma marcha a ré.

— O quê? — Hind olhou para ele incrédula. — Mas é impossível. Você sabe qual é o comprimento deste túnel?

— Sinto muito, mas é para sua proteção. Estou tentando proteger você dos xiitas que montaram um posto de controle bem no final da rua. Você deveria se considerar uma pessoa de sorte por eu estar aqui para proteger você.

— Eu achava que não teria de me preocupar porque não estamos em uma guerra civil. E agora você me diz que se eu continuar os xiitas vão me matar? Olhe, decida-se. Não somos todos muçulmanos? Quando foi que aconteceu essa divisão?

— Não se pode confiar neles. E isso é tudo o que eu tenho para dizer. Agora, por favor, comece a dar marcha a ré.

Ele segurou seu fuzil com mais força e Hind, que não queria ter mais problemas, fechou a janela do carro e começou a voltar de marcha a ré. Ela teve de parar várias vezes para ver para onde ia. Dirigir para trás pode ser um pouco desorientador. Finalmente ela saiu do túnel. Como não havia desistido de ir à praia, entrou em uma rua lateral depois do túnel. Passou por um bairro que nunca vira antes na sua vida. Havia flâmulas com os mártires do Hezbollah e do Amal. Ótimo, pensou, caí direto na toca do leão. Contudo, como as ruas estavam desertas, ela resolveu que o melhor seria estacionar o carro e continuar a pé. O mar estava visível, não deveria demorar muito para chegar lá.

Hind estacionou ao lado de uma caçamba que transbordava de lixo e antes de trancá-lo tomou o cuidado de tirar os limpadores de para-brisa. Os outros haviam sido roubados há algumas semanas quando ela estacionara em um bairro parecido. O engraçado é que nós havíamos começado a estereotipar os bairros de acordo com suas crenças religiosas. O que Hind ignorava era que o bairro onde haviam roubado os limpadores do para-brisa era sunita. Seu povo roubava dela.

O roubo não é racista.

Ela pegou a bolsa de praia e colocou um casaco para evitar surpresas. Era impossível ter certeza sobre o que aconteceria se deixasse os ombros de fora em um bairro como esse.

[*Avançar para nosso telefonema.*] Hind levou uma hora e meia para chegar à praia, mas conseguiu. E repetiria tudo quantas vezes fossem necessárias até que chegassem a um consenso.

— Zena, você não está entendendo. Não é por causa da praia. É o fato de poder ir de um lado da minha cidade para o outro. Ela não pertence a ninguém. Muito menos a um cara de dezessete anos com uma arma de merda. Esses dias acabaram. A guerra civil terminou. Eles pediram para exercermos a desobediência civil e foi isso que eu fiz. E todos podem se foder, não estou nem aí. Todos eles. Tanto o governo quanto a chamada oposição.

— Hiiiined — respondi, pronunciando seu nome com um forte sotaque libanês —, sinto tanta falta de Beirute. Por que estou com tanta saudade? Eu sinto que deveria estar com você na sua jornada. Mas estou aqui, em Oslo, tão longe de você.

Enquanto falava, eu mantivera os olhos voltados para o chão, mas então os ergui. Eu estava sentada em Aker Brygge, a nova zona comercial que ficava de frente para o mar. À minha esquerda, os pescadores retornavam da sua labuta diária. Pessoas faziam fila para comprar camarões frescos diretamente dos barcos. Na minha frente estava o recém-construído Centro Nobel da Paz. À minha direita, a grande fachada marrom da prefeitura. Era no seu salão que os ganhadores do Prêmio Nobel recebiam suas medalhas anualmente, em dezembro. O contraste com a conversa que eu estava tendo com Hind era radical.

— Eu quero voltar para casa — disse.

Como podia ser que a única coisa na qual eu conseguia pensar naquele lugar tranquilo e sereno era me enfiar em um lugar inseguro e violento? Que enquanto eu podia ter águas calmas e colinas verdes e ondulantes eu queria estresse e concreto? Mas seria isso realmente? Beirute tinha de ser mais do que isso. Era muito mais do que isso.

Eu preferia ter um pouco de instabilidade e saber que isso me tornará uma pessoa mais forte. Eu preferia sentar na minha varanda todos os dias e observar meus vizinhos malucos. Ver pai e filho caminhando de cueca pela casa por causa do calor infernal e da falta de energia para ligar o ar-condicionado. Tomar o café da manhã com Um Tarek e suas histórias fabulosas. Preferia tudo isso a ficar sentada aqui, neste cais pacífico, completamente sozinha. Preferia ficar acordada a noite toda lendo poesia com amigos, lendo sobre Beirute, a guerra, o amor, as drogas, a morte e a ironia. Preferia rezar de manhã e agradecer a Deus por me conceder mais um dia. Preferia tudo isso a deitar minha cabeça no travesseiro de noite achando que tudo era normal, deitar achando que era normal acordar no dia seguinte. Eu preferia caminhar pelas ruas poeirentas ouvindo DAM no meu Ipod e imaginar as várias possibilidades para libertar meus amigos palestinos. Preferia passear pela Corniche com meu amigo, o poeta, passar a noite acordada falando sobre política e depois cair nos seus braços em delírio enquanto o sol surge por detrás das nossas montanhas. Preferia beber chá com minha tia Nabila em Aley. Preferia visitar a família de Iyad em Baalbek, que sempre teimava em encher meu carro com *labneh*, pão e todo tipo de verduras frescas quando eu ia embora. Preferia almoçar na beira do rio e comer melancia e queijo feta com meus primos. Preferia visitar Nayiri e ouvi-la ler minha borra de café. Preferia estar ao lado do túmulo de Maya.

Eu preferia regar meu jardim e cuidar do meu pé de gardênia como se fosse um velho amigo. Preferia sair com Sara e comer um sushi na rua Abed al Wahab. Preferia me perder por um momento e passar uma noite de decadência com a realeza noturna, vestindo minhas adoradas camisetas Clefies e Babycakes. Preferia levar Tapi para passear, usando minhas sandálias fedorentas e saboreando cada passo em Beirute. Preferia ouvir Murjan tocar sua guitarra no meu terraço. Preferia dançar com Susan e ver seus quadris rodopiarem com total naturalidade ao som de uma animada música árabe tocada ao vivo. Preferia tomar o café da manhã com Lena à beira-mar. Preferia tomar um brunch com Christine e Bawsee. Preferia ouvir Hind ler sua poesia na Zico House. Preferia comer um sanduíche de batatas fritas na rua Hamra. Preferia fazer amor no meu quarto cor de púrpura, de pé-direito altíssimo, com a mesquita soando nos meus ouvidos. Preferia pintar no estúdio com Halleh. Preferia tomar um café no Café Younis e esbarrar por acaso com Dahna na rua. Preferia comprar chocolate e água de Abu Talal. Preferia andar de bicicleta com Ramzi. Preferia beber Mojitos com a mãe dele, Marya, no Pacífico, onde trabalha aquele garçom tão gentil que adora Tapi.

Eu preferia caminhar pelas ruas de Beirute refazendo os passos dos caminhos que, certa vez, pisei com Mazen. Com Makram. Com Maya.

Eu preferia estar perto da minha família. Preferia ter Lana em cima da minha cabeça, Nemo no final da rua e Seif no meu coração.

Eu preferia deitar na rede do terraço de Amira e Andreas e ouvi-los brincarem com o filho. Preferia ver Ginou dançar em volta de uma fogueira em uma floresta de cedros. Preferia ver o cabelo rastafári de Simba balançar ao vento em uma praia em Beirute. Em Beirute. Em Beirute.

— *Habibti* — disse Hind, com voz suave, mesmo se eu quisesse, você não poderia vir. Fecharam o aeroporto. Não sabemos por quanto tempo.

Fecharam nosso aeroporto há dois verões passados.

Agora o fecharam novamente.

A história se repete.

— Hind, eu amo você. Cuide-se, beba uma cerveja por mim. Aqui todo mundo é tão bem-educado. Ninguém bebe na rua. Eu quero tomar uma cerveja, mas sou tímida demais para entrar sozinha em um bar. Beba uma por mim.

— Já estou, minha querida, já estou. Vou tomar do jeito mexicano, com limão e sal.

— Não me diga essas coisas. Estou me sentindo sozinha demais aqui sem ninguém.

A ligação foi cortada.

Alguns dias depois eu estava em Londres. Tentando voltar para casa. Um passo mais perto. Sentia que podia me soltar finalmente. Um pouco. Passei o dia inteiro no telefone falando com todas as pessoas que eu conhecia. Consciente de que minha conta de telefone iria para a estratosfera. Liguei assim mesmo. Qual é o preço que temos de pagar quando queremos falar com alguém que poderia morrer no dia seguinte?

Depois das ligações fui dar uma caminhada pelas ruas, esperando encontrar alguém que me desse algum conforto. Mas quem? Estou sozinha nesta cidade.

Comprei um jornal escrito em árabe mesmo sem conseguir lê-lo. Comprei-o para carregá-lo comigo. Talvez, vendo que estava escrito em árabe, uma pessoa me parasse e me perguntasse se eu tinha notícias do Líbano. O jornal na minha mão seria uma bandeira. Eu queria me conectar com um árabe. Pensei que se visse o jornal ele me pararia e me perguntaria. Então eu responderia que sim, eu tinha notícias. E perguntaria como ele sabia que eu era libanesa. Ao que ele responderia: "Oh, minha cara, porque você está segurando um jornal escrito em árabe. E também pelo jeito como o segura. Apertado junto ao coração. Você tem de ser libanesa. Acabou de receber notícias? Você está bem? E sua família?".

Vendo que meu truquezinho dera certo, eu responderia: "Sabe, estou tão contente que você tenha parado para conversar comigo. Eu estava quase chorando. Eu só precisava falar com alguém sobre o que está acontecendo. Meu nome é Zena".

"E eu me chamo Karim. Também sou do Líbano. Aceita tomar um chá comigo?"

E eu responderia: "Karim. Eu nunca falo com estranhos. Mas é engraçado como a guerra consegue quebrar todas as regras. Vamos tomar um chá".

Então caminharíamos um quarteirão e nos sentaríamos no primeiro salão de chá que encontrássemos.

"Karim, eu estou tão alienada. A mídia daqui não comenta nada sobre a situação no nosso país. Por quê?"

"Ora, você ainda não leu o artigo? Os jornais de hoje mencionam que o Hezbollah fez campanha contra os representantes da mídia pró-ocidental. E que também proibiram a imprensa estrangeira de tirar fotografias."

Eu olharia para o jornal e quando olhasse para cima novamente veria que Karim havia desaparecido. Para onde teria ido? Sem nem ao menos se despedir.

O jornal continuava apertado contra meu coração.

Estou sozinha.

Meu relacionamento com o Hezbollah sempre foi estranho. Quando me mudei para Beirute eu tinha medo deles. Crescendo fora do Líbano, aprendi com a mídia ocidental que o Hezbollah era uma organização terrorista.

Uma força tão perversa que seu único objetivo era a dominação global do mundo. Eu tinha tanto medo deles que nem ousava murmurar seu nome.

Dizem que quando pensamos algo ou o dizemos em voz alta atraímos isso para nós. Eu imaginava que o Hezbollah fosse um bando de homens de barbas pretas envoltos por um nevoeiro verde maligno. Um encontro com eles e com certeza você morreria. Eu acreditava em tudo isso até o dia em que conheci de verdade um "deles".

Eu estava em Dahiyeh, um bairro da zona sul de Beirute, fotografando sem permissão. Era para um projeto da universidade e eu ignorava que a segurança fosse severa a ponto de ser precisa uma autorização para tirar fotografias naquela parte da cidade. O tema do meu projeto era as mulheres libanesas. Eu queria fotografar a grande variedade de camadas religiosas e sociais do nosso país. Documentar como éramos abertas. Mostrar como uma mulher de chador podia ser vista caminhando ao lado de uma loura de minissaia.

Sabe como é. Aquelas coisas que as pessoas dizem quando tentam elogiar as mulheres libanesas e como nossa sociedade é aberta. Sem perceber, eu estava muito perto do quartel-general do Hezbollah. Fascinada pelos conjuntos de véus coloridos de vários tamanhos e texturas, eu não atentara para o meu trajeto e continuava caminhando até o centro de Dahiyeh. O sol já estava alto e lançava sombras nos olhos que os véus deixavam expostos.

Eu estava tão concentrada no visor da minha máquina fotográfica que não percebi o homem atarracado que vinha na minha direção. Ele me deteve, e à minha máquina fotográfica também, e disse que eu precisava de uma autorização especial para fotografar naquela área. Levou-me para um prédio, de onde outros homens me levaram para outro prédio, e antes que eu soubesse o que estava acontecendo me vi em um centro de interrogação do Hezbollah.

Fui bem tratada, com respeito. Chamaram-me de irmã. Muito educados, me pediram para tirar os sapatos antes de entrar. Meus Doc Martins grudavam nos meus pés por causa do calor do verão, mas consegui tirá-los. Eu torci para que meus pés não fedessem. Fui levada para uma sala de 1,50 x 3 metros, mais ou menos. Com um espelho. Como nos filmes em que sabemos que há alguém por detrás observando. Do lado oposto uma bandeira enorme decorava a parede. Era cor-de-rosa com dizeres em verde. Lamentei não saber ler em árabe para entender o que estava escrito.

Mas a cor era rosa-bebê, e isso é algo que nunca esquecerei.

Fizeram algumas perguntas. O que eu estava fazendo naquela parte da cidade? Por que estava tirando fotografias? Respondi a todas as perguntas e depois de vinte minutos me soltaram. Naquele dia, Nadim e Maya estavam comigo. Fomos colocados em salas separadas e demos as mesmas respostas. Eles nos soltaram, mas confiscaram meu filme.

— Por favor, irmã Zena, entenda que precisamos tomar certas precauções. É para a sua própria segurança. E para proteger nosso grande país.

Uma semana depois ligaram e avisaram que eu podia apanhar o filme. Não apresentava nenhuma ameaça. Eu não tirara nenhuma fotografia que eles consideravam uma quebra da segurança. O mais engraçado é que eu não dera o número do meu telefone para eles. Eles revelaram e imprimiram minhas fotografias de graça.

Depois dessa experiência entendi que nesse mundo nada é como parece. Que era importante questionar tudo. E ainda estou tentando entender algumas coisas. Vai demorar muito. Talvez toda a minha vida.

Nos filmes de Hollywood os árabes são sempre mostrados da mesma maneira. Mas será que somos realmente assim? Ter um governo apoiado pelo Ocidente e promover a democracia é muito bonito no papel, porém as instituições apoiadas pelo Ocidente também incluem a prisão de Abu Ghraib, Guantânamo, as invasões no Iraque, no Afeganistão e no Vietnã, os McDonalds, e a Casa Branca não tão branca de Bush.

Inclui uma guerra de verão.

Beirute, me dá um tempo. Tem de ser sempre tão complicado?

26

Estou com febre.
Não sei há quanto tempo estou assim.
Ninguém sabe ao certo a causa.
Minha mãe está sentada ao lado da minha cama. Ela não dorme há dias. Está lendo um livro sobre religião. Tentando encontrar Deus para pedir a Ele que me deixe viver. Restaram apenas alguns poucos livros sobre nossa religião, e ela teve a sorte de encontrar um em inglês. Estamos em 1982, e esse é o único livro disponível atualmente. Ela mandou que o enviassem para a África. Queria que fosse em inglês para poder ler em voz alta para mim. Ela queria ter certeza de que eu entenderia cada palavra.

É a primeira vez que tenho malária. E é a primeiríssima vez que ouço medo na voz da minha mãe. Não consigo levantar os braços. Não consigo engolir. Mal tenho forças para respirar. Faz calor e três ventiladores estão ligados na minha direção. Sinto que estou indo embora, porém não sei ao certo para onde. Minha mãe continua lendo. Ela lê durante dias a fio. Talvez eu tenha perdido a noção do tempo. Os dias se transformam em noites e as noites são intermináveis.

Eu pegaria malária pelo menos mais quatro vezes durante minha infância. Há mais ou menos dez anos fui doar sangue na Cruz Vermelha, em Beirute. Eles me recusaram. Disseram que meu sangue era impuro porque tivera malária tantas vezes. Há cerca de cinco anos minha mãe sofreu um terrível acidente. Fui ao hospital doar um pouco do meu sangue para ela. Recusaram. Disseram que não era suficientemente puro. Minha mãe recebeu sangue de pessoas estranhas.

Obrigada, acho...

Estou com febre.

Não sei há quanto tempo estou assim. E ninguém sabe ao certo como aconteceu.

Estou com oito anos de idade. Alguns dias atrás eu estava brincando na rua. Dia sentiu fome. Convidei-o para almoçar comigo, mas ele respondeu que era tímido demais para entrar na nossa casa grande. Sugeriu caminharmos até o final da rua e comprar *suya** em uma carrocinha. Respondi que ele teria de ir sozinho porque eu não tinha permissão para me afastar de casa. Dia olhou para mim muito espantado e quase magoado.

— É legal eu entrá na tua casa grande, mas num é legal si tu vem comigo prá comprá comida de preto?

Fiquei sem jeito. Ele não deixava de ter razão.

— Dia, desculpe. Vamos, vou com você.

Afastamo-nos das enormes grades de ferro que protegiam minha casa. "Proteger" é a palavra que minha família usava. Eu preferia a palavra "barricada". Era um dia muito quente de fevereiro. Não havia uma única nuvem no céu. Dia segurou minha mão.

— Num si preocupe. Ninguém vai tocá em tu.

Apertei sua mão de volta, respirei fundo e fui com ele.

---

* Espetinho de carne. (N. T.)

Enquanto caminhávamos, a areia da rua poeirenta deslizou para dentro das minhas sandálias. Eu não queria parar e limpá-las. Tinha medo de chamar atenção. Os nigerianos nunca paravam para limpar as sandálias. A terra era parte do seu corpo e da sua alma. Eu queria ser como eles.

Quando chegamos na metade da rua eu já conseguia sentir o aroma do *suya*. O vendedor acabara de colocar alguns pedaços de carne em cima do braseiro e usava um jornal dobrado para abanar e manter o carvão aceso. O cheiro era bom.

Dia cumprimentou o vendedor em iorubá:

— *Ekaro*! *Suya*, por favor.

O vendedor olhou para mim e perguntou se era para uma pessoa.

— Não — respondeu Dia —, para duas e com muito pepe.

O vendedor deu de ombros e lhe entregou dois espetinhos fumegantes. Dia embrulhou um num pedaço de jornal e passou-o para mim. Quando desembrulhei o jornal fiquei surpresa ao ver que a carne era cor de laranja.

— Dia, essa carne é cor de laranja. Eu não vou ficar doente?

— Não, o laranja é o pepe, a pimenta. Si tu quer sê como nóis, nigeriano, tu tem qui aprendê a comê pepe.

Comi o *suya*. Ardia mais do que qualquer coisa que eu conseguia imaginar. As lágrimas escorreram pelo meu rosto. O que não me impediu de continuar comendo. Comi tudo. Dia e o vendedor começaram a rir das minhas lágrimas. O vendedor cantou para mim:

Oyebo pepe
Si tu come pepe
Tu fica amarelo
Mais mais
Homem branco,
Se ele come pepe
Fica vermelho
Mais e mais

Dia segurou minha mão e me levou de volta para casa. Estava tão orgulhoso de mim quanto eu mesma. Eu era uma nigeriana chorona.

A partir daquele dia nunca deixei de comprar *suya*.

E de chorar.

Estou com febre.

Pulo em cima do sofá e começo a cantar bem alto. Estou tendo alucinações. É uma viagem incrível. Derrotei a morte tantas vezes. Isso está realmente começando a ficar fácil demais.

Essa febre.

Atiro em um passarinho e ele cai direto do céu. É a primeira vez que mato um passarinho de propósito. No início fico muito feliz. Feliz porque quem atirou fui eu. Tenho treze anos e puxo alegremente o gatilho. O passarinho cai do céu e eu corro até ele.

As asas ainda se movimentam. O corpo inteiro treme violentamente. Está morrendo. Não foi um tiro certeiro.

Viro-me rapidamente e vomito. Tenho nojo de mim.

Os olhos do passarinho olham direto para mim. Ele sabe o que fiz e não me perdoará. Eu desmaio e caio no chão. Alguns dias depois estou de cama com febre. Sonho com o passarinho. Ele tem me assombrado. Quanto mais tento afastá-lo, tanto pior é a febre.

Só que dessa vez não estou deitada indefesa na cama. Seu espírito apoderou-se do meu corpo e corro pela casa abanando os braços.

Estou de pé em cima do sofá e canto.

Canto como um pássaro.

Estou com febre.

Dessa vez não quero que termine.

Seu corpo tritura o meu. Ele está me levando à loucura. Meu corpo responde ao seu.

Estou com 32 anos de idade. Estamos em uma rave. Dançamos debaixo das luzes verdes a laser. Apoio uma das minhas mãos no seu quadril e a outra nas suas costas. A música fica mais alta. Ele me aperta mais contra o seu corpo. Nossos quadris estão unidos. Dançamos em círculos. Estamos fazendo amor vestidos.

No meio do salão de dança.

Ao som dos grandes tambores.

No meio de 5 mil pessoas. Estamos fazendo amor. Em Beirute.

Estou delirando.

Levo a mão até sua cabeça e puxo seu cabelo. Estamos tão próximos que consigo sentir o cheiro da sua respiração. É doce. É bom.

Sussurro no seu ouvido: "Eu amo Beirute".

Começamos a nos beijar.

É bom.

Estou muito distante da morte.

AGRADECIMENTOS

Antes de mais nada quero agradecer a Samar Hammam, que me encontrou durante a invasão do Líbano em 2006. Com sua personalidade sábia e suave, sua paixão impetuosa e suas crenças inabaláveis, Samar convenceu-me de que este livro precisava ser escrito. Ela tem sido minha guia constante, a luz que me mostrou o caminho. Samar, sou sua eterna devedora.

Maya, apesar de o tempo em que estivemos juntas ter sido interrompido bruscamente, agradeço por cada segundo da nossa amizade. Tenho certeza absoluta de que nos encontraremos novamente... nos vemos lá. Vou procurar o seu halo.

Também quero agradecer à minha família maravilhosa pelo seu amor, sua compaixão e generosidade, e por nunca ter me abandonado, mesmo nos tempos mais difíceis. Quero agradecer em particular a May e Faysal (papai e mamãe), Lana, Nidal, Diana, Sari, Karma, Naji, Kimo, Rakan, Anmar, Suha e minha tia Nabila.

A todos da Saqi Books, meu muito obrigada. Sou profundamente agradecida pelo seu empenho com *Beirute, eu te amo*. Um agradecimento especial para Shikha Sethi, Lara Frankena, Anna Wilson e Salwa Gaspard.

Um agradecimento especial para a Toby Eady Associates: Toby, Samar, Jamie, Laetitia e todos os outros que trabalham nesse escritório.

Finalmente, porém igualmente importante, obrigada a Beirute pela cadeia de acontecimentos que você lançou no meu caminho. Tudo acontece por algum motivo.

Para meus queridos amigos de Beirute e adjacências, obrigada pelo seu amor, apoio e conselhos. Um obrigada especial para Hiba Mikdashi, Sara e os Ghannoums, Marya e Ramzi Hibri, Christine O'Heron, Hind Shoufani, Mira Ghannoum, Imad Khachan, Susan, Lena, Saseen, Chafic, Mary Jo, Karen, Morgie, Zeus, Camille, Nayiri, Raytch, Alberto, Dana, Karima, Renito e Tapi.

E peço desculpas a qualquer pessoa que, porventura, tenha esquecido de mencionar. Vocês estão no meu coração.